レクイエム

言葉一つ遺さずに逝った夫へ

小森由美

鳥影社

プロローグ

プロローグ

「永遠」の言葉には、肯定的な感覚しかなかった。だがこんなむごいことにも、「永遠」の持つ意味が繋がる。

死、その「永遠」。

別れは「永遠」となり、当たり前だった日常に「永遠」の終止符が打たれ、何をどうしようと「永遠」に会うことが叶わず、「永遠」にその声を聴くことも出来ない、半身をもぎ取っていった死が遺したものと言えば、「永遠」となる遺品。

人生を共にした絆は、「永遠」に変わることはないはずなのに、その実感をどうしたら得られ、いつ穏やかに心に据えられるのか。


―喪失、間もない頃―

レクイエム　目次

言葉一つ遺さずに逝った夫へ

——五つの短編

九か月の記

――夫との二八二日

九か月の記―夫との二八二日

夫の発病から永訣の日まで、九か月は三十八年の結婚生活の最後に、切り取られたような時間としてあった。それは三十八年間の、どこにもない時間だった。

正月三が日が明けた一月四日の朝、洗面所にいた私の耳に、隣の部屋から天井まで震撼させるような轟音が届いた。二階から一階の天井に何か重いものが落下した、そんな日常の思い付きを咄嗟に浮かべ、そこにいるはずの夫の元に足を向けた。何だろう？　今の、と問いかけるつもりだった。目に入ったのは、仰向けに床に倒れた夫の姿である。顔だけは痙攣《けいれん》するように動いていた。私は夫を後ろから支え、しっかりしてと呼びかけ、それから一体自分のどこから湧いたのかわからないまま、「嫌だー」という叫び声を上げていた。救急車を呼び到着するまで、乗り込む準備に家の中を駆け回ったことや、その間の夫の状態など、錯綜してうまく思い出せないのだが、自分が叫んだ「嫌だー」という声だけはいつまでも記憶の底で、あの場面の衝撃を揺り戻すように再生してくる。

救急車に運ばれた際に、夫の手が動いていると、救急隊員が言う。だが動いたのはここまでで、夫は間もなく目を閉じて静止した。それから九か月の間、意識は取り戻せないままだった。

二センチほどもある脳動脈瘤が破裂した。今はかさぶたになり出血は収まっているが、数日中に再度破裂する確率は高い。そうすれば命はない。くも膜下出血の中でも最重症クラスだ。脳は出血した血液によりかなりのダメージを受けているので、ほぼ死亡するか助かっても植物状態だろう。意識は戻らない。この状態で再度の破裂を食い止める手術はマニュアルではしない。リスクも多い。希望すればやるが、延命措置もどうするか決めてください。

これが担当医の最初の説明だった。私に答えなど出せなかった。画像を見せられた説明も、今一つ呑み込めない。動転して頭が回っていないのだった。

私達に子供はなく、夫の両親はすでに亡くなり、海外に夫の姉はいるが、関係が悪化し疎遠になっている。親族は従姉弟の代になり親しくはしていない。頼れるのは私の兄達で、連絡を受けて駆けつけた京都に住むすぐ上の兄と共に、もう一度担当医の説明を受けた。

医師の説明を聞く限りでは、手術をするしか選択肢はないんじゃないか。とりあえず命を救うことが第一だろう。

これが兄の意見で、翌早朝に故郷の山形から駆けつけた三番目の兄もそれに同調し、混乱の中で意思をまとめることのできない私は、その選択にすがった。

手術は、夕方から夜中の二時半まで十時間に及んだ。その間、私は控え室で二人の兄と共に、異変の連絡かと時折ノックされるドアや電話の音に怯えながら、終了の知らせを待った。

手術は無事終わった。髪を剃られ頭蓋骨を外されて縫合された夫は、ただ眠っているだけのように見えた。

とりあえず、夫は命を取り留めた、とりあえず死なない。私と二人の兄達は、この時奇妙な昂揚感に包まれて、未明の閑散とした暗い道路を車で帰路についた。

翌日の手術後の面談で、担当医は、脳内に流れた血液は取り除き再度出血しない処置をしたが、壊された脳は元に戻らない、今後意識は戻ることはなく、容態は危険も伴うと語った。

それでも、その日一旦帰途に就いた兄達は、意識は戻るよ、医者にだって解らないことはあるよと、私への励ましなのか、手術を乗り越えたことの安堵と自信からか、そう言い残した。

夫が目を開けたのはそれから十日後、ＩＣＵからＨＣＵ（高度治療室）に移された時である。見開くようにまぶたを上げた夫の顔を見て、微かな意識の覚醒があったのではないかと、それまで事態の厳しさに気の緩むことのなかった私は、ベッドのそばに蹲《うずくま》って泣いた。しかしそれは、顔だけは麻痺を免れたということで、全身と頭と首は自力で動かすことはできず、その後よく動き出した顔の表情も、無意識の条件反射ということらしかった。

数日後には一般病棟へと移った。この総合病院でひと月と十日あまり過ごした夫の元に、私は毎日車で通った。冬の厳寒の時期だった。午後の二時前後から二時間近く付き添うと、帰りは日没の頃となり、翳りはじめた橙色の夕日が鋭角に街を照らしだしていた。握ったハンドルの先に流れていく景色は、岐阜に住んで三十八年、見慣れたはずなのに見知らぬ場所に見えた。家に帰ってもそれが続き、家の中も窓から覗く庭や屋敷も、馴染んだ感触を失って隔たった乖離感《かいりかん》があった。突然非日常へ、別世界へと放り込まれた、その齟齬《そご》からくる感覚なのか、それは三か月間あまり続いた。

手術後まもなく、夫は気管支切開されていて、喉に付けた筒状の器具で呼吸し、そこから痰の吸引などもする。これを付けるとしゃべれない、それは問題ないが、外すことはないだろうと医師は語った。

夫の目はよく動いた。たまに音のする方へと視線を動かす。だが見えてはいない。顔を近づけた私を凝視するがその眼に私は映ってはいない。あくびをし、顔をしかめ、くしゃみをする。そのたびに私は反応し、担当で付き添う看護学校の学生に向かって微笑みかけると、彼女も朗らかに笑って応える。この頃はまだ希望を持っていた。意識が戻り、少しは身体を動かせるようになるのではないか。内臓が何とか正常に働き命を保っているのは、脳幹という部分が損傷を免れているせいらしい。それは幸運であり、その幸運と夫の生命力に、私は根拠のない期待と自信を持ち続けていた。

その後、治療の終了を告げられ、転院先に療養病床のある病院とリハビリ病院のどちらかの選択を指示された。療養病院は、回復を見込まず現状のまま生き永らえることを意味する。私はリハビリ病院を選んだ。この選択に主治医は戸惑ったのか、最後の面談では、肺炎や感染症などですぐに命を落とすかもしれないし二、三年生き永らえるかもしれない、それはわからないが人の命は限りがある、それを受け入れ覚悟をすることも必要ではないか、と説教めいた話をされた。容赦なく最悪の言葉で最悪の事態を口にする医師だった。ここでも同じだったが、それでも夜中の十時間に及ぶ手術で、夫の命を救ってくれた恩人である。私はうつむいて、幾つものパンチに撃たれるようにして聞いたが、後ろで同席していた看護学生は、病室に帰るなり、あんな言い方はひどい、とても受け入れられません、と憤慨していた。彼女は親身に夫を介抱してくれていた。初めの頃は私を手伝っていたが、まもなく彼女の指示に私が手伝う形になった。

仏教の法話のような医師の話はもっともだが、まだ命ある人間を目の前にして覚悟をするのは無理ではないか、さらにそれが容易ではないから人はこれほど苦しむのではないかと、私は胸の内で力なく反発していた。

私の体重は瞬く間に四キロ程落ちた。不調だった胃腸が悪化し、食べることに苦しむ。無理に押し込むと余計悪くなるが、食べる努力を止めるわけにはいかない。夫を支えるのは私しかいないのだ。病弱で夫に支えられていた私が逆に夫を支える。決して倒れてはならない、これが自分に課せられた至上命令であった。

そんな私を支えてくれたのは、京都に住むすぐ上の兄である。ここひと月半の間に、四度も足を運んでくれた。新幹線、電車、バスと乗り継いで病院に着く。時刻表を調べながら、路線バスの旅みたいだと呟いている。家に泊まり食事を共にし、その間だけ外からの風を運んでくれた。

二月の中頃にリハビリ病院に転院した夫は、すでに肺炎に罹っていたが、大事には至らなかった。意識の戻らない夫は意識のないまま、ここでは一日四、五回、手足を動かされ、体を起こされて車椅子に乗せられ、上から吊るされて立たされる、というリハビリを受ける。意識の覚醒を促すためと、硬直を防ぐためである。ただ熱が三十八度を超すと休まされていた。体温の調節のできない夫はよく熱を出し、私が行くと頭や腋の下や足の付け根に氷枕を充てられていた。平熱の日の方が少なかった。それでも日を追うごとに、手足や指の動きが増えていくのは順調な回復に思え、私の期待を押し上げていく。ところが、期待を膨らませ希望を持てたのは、この頃が最後だった。

転院して三週間後、カンファレンスがあり、今後の治療の説明かと思いきや、これ以上の回復は望めず次の転院先を探すようにと宣告される。医師に見せられた現在の脳の画像は、右も左もまっ黒で、改めて夫の病態の重さを思い知らされた。行く先は療養病院か介護施設のどちらかだが、施設長とソーシャルワーカーは、介護施設の方を勧める。この状態のまま、夫は生き永らえる道しかない。同席者の視線の中、私は懸命に涙をこらえ、生きているだけでいいと思わなければいけないですね、などと呟いたが、その後は、実際この言葉通りの経過を辿ることになる。

それからほどなくして、夫は胃潰瘍で血を吐いた。脳出血患者の胃潰瘍は珍しくなく、それまで気付かなかったが、後頭部に円形脱毛も見付かった。意識のある無しに関わらず、身体が大きなストレスを受けていたということである。よく顔をしかめていたのは胃の痛みによるものだったか、あらゆる伝達手段を奪われた夫が哀れだった。

重篤な事態にいつ陥るかわからない、そういう状態なのである。人には寿命というものがあり、受け入れるしかないのだと、周りにそう言って諭す人もいた。そうなのだろう、そのためには諦めるという感情を、心の隅に育てていかなければならない。できるとは思えず、自分に言い聞かせ続けるしかないと、弱々しく決意をする。

それまで経鼻管で流動食を入れていた夫は、点滴だけになった。命を維持する、最低限の栄養素だという。夫はみるみる痩せていった。たったの二か月間で、人はこれ程衰えるものかと思う。筋肉質だった腕や脚は跡形もなく細く骨張り、顎や肩からは贅肉はすっかり剝ぎ取られた。

夫は、広い面積の庭や屋敷の手入れ、さらに広大な規模の畑の管理を日常としていた。そんな肉体労働に加えて、市の農政の委員や理事などを歴任し、近隣の土地の問題に駆けずり回り、隣人や友人の相談ごとにもよく応えて、忙しくし、活躍していた。物怖じせず理論的に自分の意見を言うが、遠慮深い面もあり、細やかな優しさと懐の深さも持ち、明るく笑顔の多い人であった。こんな褒め言葉ばかり並べると、妻の欲目と笑われそうだが、実際私の耳にはそうした言葉が届く。夫のそんな姿勢は、そっくりそのまま私にも向けられ、私は夫に支えられ夫に甘えながら生きてきた、ということになる。

過ごしてきた日々とはかけ離れた姿で、夫は目の前に横たわる。声も言葉も発せず、身動きもせず、時折瞼を上げて視線を動かすだけで、反応もなく。私は夫の顔や手足をタオルで拭き、頭を撫で、肩や腕をさすり手足の指を揉み、それから耳元で話しかけるようにしていた。毎日の出来事や夫の知る人に関すること、飼い猫の様子、そして感謝の言葉など、二人の人生を総括する内容の話も繰り返した。僅かでも意識の覚醒を促すためというより、うっすらと認知できている可能性もあると考えるからだ。ただ、反応ができないだけで理解しているかもしれない、それならば慰撫の限りを届けたい。

季節は春を迎えていた。リハビリ病院は市街地から外れた田んぼの中にあり、隣にはすっきりとした外観の介護施設の建物が幾棟か建ち、中庭は整然と手入れされていた。道路際の桜の大木に花が咲き、花弁が風に吹かれ駐車場に流れ込む。やがて葉桜が新緑となり、澄んだ風が田んぼの草の匂いを運び、頬に触れる。賛美して眺めその息吹を味わう季節だった。しかし、私は顔を背け見るのを避けた。巡っては生の輝きを見せるものを前に、巡ることなく元には戻らない現実を抱えている。そんな酷《むご》さを改めて味わうまいと私は感覚を塞いでいた。

夫の胃潰瘍は治療によって完治し、その後二か月余り、唯一穏やかに過ぎた時期を迎える。その間、私は引っ越しをするという仕事を控えていた。一年半ほど前、夫の父の死亡による相続で、私たちが住んでいた千坪の家屋敷は夫の姉が相続し、私たちは近くの畑を宅地化し、老後のための住宅の建築を始めていた。夫が倒れたのは、完成間近の頃である。二月の末に完成していたのに、私は体調や気力が伴わず引越しの作業を担うことができなかった。いつまでも義姉の物になった家にいるわけにもいかず、この五月の中頃に、引越し業者の最大のサービスを利用し、さらに兄達や近所の人達の手も借りながら決行した。

真新しい家に住み始めた私に、喜びなど無かった。夫が味わえなかった快適さを、私は運命の残酷さと共に味わう。こんな苦しみと共に、新しい生活をスタートするとは想像もしなかった。夫が倒れて以来、朝目が覚めるとふと、夢ではなかったかと錯覚する。激変した境遇が、現実のものとは信じがたい瞬間が毎日のようにある。そしてこの先を思えば、夫はこの家で生活することはできないだろう。自分が建てた家に、一度も住むことはできない。

人生とか生きることを、ことさら意識することなど無かった。生きることに、切実な使命を背負ったことも無い。人生の苦しみ悲しみ修羅場など、知っている経験したと思っていたが、甘い認識だった。これほどの辛さを味わったことがない。

買い物に行けば、寄り添う老夫婦や夫婦連れの姿に、つい目が留まる。私達にはもう望めない、二度と、永遠に無い姿である。受け入れ難さに胸の内で身悶えし、溜息のように虚しさがこみ上げてくる。そうだったのか、こういうことだったのかと。自分が生まれ落ち、生きてきた世界とは、人生とは、こうも厳しく酷《むご》いものだったのかと知る。さらにふと、思い出したことがある。以前にも、焦燥に胸を焼かれてその行き場なく、虚無の中に陥るということがあった。それは、肉親やペットの死に遭った時、今は帰る場のない生まれ故郷や子供時代の懐かしい情景などが蘇った時、つまり取り戻せないものに向き合う時だった。初めて腑に落ちた。その最たる状態に今いるということだ。

これは私と夫の結婚生活の第二章だ、そう思うことにした。一幕目が終わり、二幕目が幕を上げたのだと。

短い間だったが容体の安定した夫は、顔をしかめることは少なくなり、代わりに、穏やかな顔つきで上目づかいに目を見開き、口角を上げ唇をきゅっと結ぶ、という表情をすることが多くなった。その顔を、担当の女性看護師が「かわいい」

と言う。意外な形容詞に思わず私は笑う。倒れてからの夫の顔を、そんな観点から眺めたことはなかった。それでも、無意識というのは無垢にも通じるのか、言われてみれば赤ん坊のような表情の動きだとも思える。夫の穏やかさは、私の心をも鎮めた。かわいいね、と夫の耳元で囁くと、そんな他愛ない言葉の響きも私を癒していた。

リハビリ病院からの夫の転院先を、家の近くの介護施設に決めた。ここは夫の父が八年間ほどデイサービスに通い、二年近く同じサービス付き高齢者住宅に入居した施設である。そのため職員などは夫と顔馴染みが多く、夫に意識があったらどうかと、躊躇《ためら》う面もあったが、それはむしろ利点と考えるようにした。「医療型」と銘打ち、看護師が常駐し、夜間は敷地内に医師の居宅もあるので、容体への不安は多少拭《ぬぐ》える。療養病床と違って継続してリハビリを受けられ、介護師たちの声掛けなどで、和やかに接してもらえることも利点とした。

移るにあたって、ポートという器具を鎖骨下に埋め込むという処置をした。これは、鎖骨下静脈に薬や栄養剤をカテーテルで直接入れるもので、血管が硬くなり点滴の注入が困難になっていたためと、今後の治療に対応するためである。この器具で、体の動きの制限がなくなりまた入浴も可能ということだった。気管支切開の器具はリハビリ病院で外されていて、夫は口と鼻から呼吸しており、尿管も外されていたので、体についているのはこれだけになった。

介護認定の手続きも必要だった。要介護五の判定を受け、半年後にあたる翌月には、身体障害者一級の手帳を交付された。

しかしながら、夫の体の衰えは、坂を下るように現われていた。体内から耐性菌が見つかって腎臓に感染し、その治療のために転院が半月ほど遅れた。介護施設に移ってからも、医師に、これからは感染症との闘いだと言われる。危惧と不安を抱えた入居だったが、介護の丁寧さと、夫や私への和やかな対応で、穏やかな時間を持つこともあった。しかし入居後すぐ、流動食を吐いたことで、夫はまた点滴の栄養だけとなり、体重は五十キロを切るまでに減った。身長一七一センチ体重六七キロあり、高校まで柔道で鍛えた体格は、面影がないほどに頬がこけ痩せ細った。

この頃の私は、何を考えて日々を送っていたのか、思い出そうとしてもよく思い出せない。たぶん何も考えていない、というより考えることを放棄していた。考えてもどうにもならない中にいる、と思っていた。先のことや明日のことを頭の中から外し、せいぜい今日やるべきことくらいを考え、何事もなく無事に一日が終わることだけを祈った。そして一日でも長く夫が生き延びること、さらに最低二、三年は生きてくれたらとも。祈りと共に、日ごと夫の体に表れる症状に一喜一憂せず、自分の力の及ばないことには苦悩するなと、自身を制した。それはまるで敗北を認めながらの闘いのようだった。

一方で、こうして病態が定まってしまうと、夫の意思や感情を憶測することがあった。当初から、頭の中にちらついてはいたが、闘病の流動的な過程では封じてきたものだった。それは、夫は生きていたいと思っているか、そしてこれから先も生き続けたいと思うか、ということである。憶測はいつも、否定の方に傾いた。自身を置き換えてみれば、そうだろう、この状態のまま、誰が何年もいたいと思うだろうか。憶測でしかないが、肉体的苦痛も相当なものだろう。もう逝かせてくれという夫の声を、私は何度も想像の中に創りだしては聞いていた。だとしても、夫は自分で死ぬこともできないし、私が殺すわけにもいかない。どうすることもできないんだと、心の中で夫に語りかけた。

そして実際口に出して語り掛けた言葉は、こんなものだった。

頑張りたくなかったら、いつでも力を緩めていいよ。あなた次第でいい。この数か月生き抜いてくれて、ありがとう、私は救われた。でももう十分だから。苦しめたかもしれない、辛かったろうと思う。私のためにはもう頑張らなくてもいい、もう好きにしていいから。私には、感謝しかない。

そんな言葉の一方で、夫が一日でも長く生き延びて欲しいとの思いを、どうすることもできなかった。これはエゴかもしれないが、夫の温かい手に、いつまでも触れていたい。そうすれば、私は今の、そしてこの先も続く苦しみの中でも生きられる。

サービス付き高齢者住宅で二か月が過ぎた頃、急激に危篤状態となった夫の病態の変化を、考えないようにしていたその頃の闘いのせいか、私はあまり記憶していないのだった。苦しい呼吸をし出したのが先か、熱が高くなったのが先か、腰に瘤があると言って整形外科医が処置をしたのが切っ掛けだったのか、やはり病院ではないので、対応も検査の結果が判明するのも後手にまわり、結果が出た時には、血圧低下で救急搬送される事態となった。最初に搬送された病院へ向かう救急車の後を、ここ二晩を携帯電話を握り締めて過ごした私は、自分の車で追った。

救急の処置室で、数時間後に下された診断は、多臓器の敗血症により最大限薬を投与しても血圧が上がらない、このままでは夕方には心臓停止の恐れがある、親族にも連絡した方がいいとのこと。連絡した京都の兄が駆けつけて、二人で呼吸器科の主治医と面談した頃は、夫の血圧が上がり始め持ち直した後だった。呼吸不全でもあり、延命について聞かれ、人工呼吸器の処置はしないと伝えたが、心臓がまだ正常に動いている夫の死を、どの時点で認めればいいのか、私は判断の基準を摑めずに揺さぶられていた。

仮面のような大きな呼吸器をすっぽりと被り、指先、腕、胸からそれぞれモニターの画面へとつながれ、尿管、足の付け根からの点滴のチューブと、夫は触れる部分の無いほどの処置をされている。こんな状態になった時の意思表示を、夫の口から聞いた覚えがない。尊厳死、自然死については話し合ったこともなく、何かの拍子に口をついた記憶もない。六十二歳で、大病もなく、日常の時間の途中だった。命を繋ぐための、この最大限の治療を延命と呼ぶのかはわからない。が、判断を迫られるたびに、夫の性格や言動に照らして憶測する、その必要を思うけれども、決断するのは夫ではなく私なのである。

この状態で、夫は一月と一週間生きた。だがその中で、わずか五、六日の間だったが、奇跡的に快方に向かい、すべての配線から解放され、以前の姿を取り戻した時があった。主治医と退院に向けての面談をし、私は家で介護したいと伝え、それが叶わないなら療養病院への転院を希望した。

京都の兄に報告すると、「生きようとしているんだね。生きていたいんだよ」と、喜びの滲んだ言葉が返ってきた。私はそうだとも、そうではないとも思わなかった。ただ、夫の生命力の強さに、これまでの闘病を振り返っても、どこにそんな力があったのかと驚いた。性急に今後への思いが膨らんでいくのは、抑えようがなかった。だが、終末までの坂道は、すでに足元にあった。

動いていた目が白目を剝いて動かなくなる。意識を全く無くした状態だと、医師や看護師たちが駆けつけ、バタバタと器械を運び装着して、夫は再び元の姿になる。呼吸が弱くなり、体内の二酸化炭素が吐き出されず溜まったためという。

それからは呼吸器の酸素の割合を上げ、モニターに表示される体内の酸素濃度の数値を、眺め続ける日々となった。数値が九十を切ったら危険、下降し続けるようだったら危篤ということである。下降により、私が自宅にいる時に連絡を受けたり呼び出されたりしたのは、五回ほどあった。その内のほとんどは、数値が持ち直したが、一度は持ち直すまで時間がかかり、私の兄、市内にいる親戚、夫が親しくしていた近所の友人や、高校の親友などに連絡して駆けつけてもらった。その場で持ち直したので、集まった人たちは安堵し、そのうち夫の思い出話などが持ち上がると、夫に驚きの反応があったのが忘れられない。夫は呼吸器の下から、二度声を上げたのだった。そんな声を聴いたことはなかった。ここにきて、私は初めて確信した。夫にはうっすらと、あるいは切れ切れでも意識はあったのだと。耳に届く話や、自分を囲む人達を理解し、反応して応えた。私が耳元で、集まってくれた人達の名前を挙げている最中だった。自分がどういう状態なのかさえ、理解していたかもしれない。だからこそ訴えようとしたのだと。

沈黙を通した九か月だった。駄洒落や冗談をよく口にし、社交的だった夫の物言わぬ時間だった。人生を終える夫の最期の言葉を、私は一言も聞くことはできないが、私の言葉は届いていたかもしれない。

この日から五日後、主治医から、呼吸が弱くなっているのでいつ止まってもおかしくない状態だ、と告げられる。その翌日には、面談に呼び出されて主治医に聞かれた。

治療を続けるか？　治療をやめ、これ以上の負担なく逝かせるか？　血管に血液がないため輸液が排泄されずに相当むくんでる。続ければ体はもっと膨らみ見た目がかなり変貌するだろう。呼吸器の装着で頬に潰瘍もできていて、さらにひどくなる。尿量は少なくなって、心電図も弱く乱れている。血圧を上げる薬、強心剤もまだ投与しているが、それも含めてどうするか？

　即答はできなかった。面談の部屋を出ると、同席していた看護師が近づき、落ち着いたら呼んでくださいと囁く。私は泣き顔だった。

　治療をやめたら、あっという間にその時が来る。耐えられない。一日でも先延ばししたい。今日、明日でなければいい。一週間先、一か月先に延びないか。それはもう、エゴと呼ぶしかないのだろうけれど。

　京都の兄に電話で伝えると、今まで生きる方へと選択してきた、貫くしかないと俺は思うけど、と答えてきた。

　私は、エゴを、選択の一貫性にすり替える決意をした。

　翌日、担当の男性看護師から、ケアの後に言われた。

　排泄が多くなった、体が弛緩してきたからでその時が近いということです。個人的な意見ですが、今のこの治療も延命だと思います。

　そんな個人的な意見はいらない、と私は心の内で突っぱねた。それでいながら、否定できなかった。

一日また一日と、苦しめているだけなのか。けれども、治療の力を借りて、夫は弱いながらも呼吸をし心臓を動かしている。それを断ってもいいのか。

私は、どんな正解をも出せなかった。

そして、その時はきた。前日、呼吸器の供給酸素量は最大限でも、血中の酸素は百パーセントを示していたので、どこか安心していた。朝から少しずつ下がり始め、ある時から急激な下降を始めた。同時に血圧も下降、心電図、脈数も乱れる。警告のアラームが鳴り続け、数分後には、計測不能、そんな文字がモニターに現れ、数字は消え、波形は線を描く。そんな中で、酸素を送る呼吸器の激しい音が、まるでまだ夫が呼吸しているかのように響いていた。

つながれていた機器すべてを外し、仮面のような呼吸器を取った時、私は看護師に頼んだ。

ずっとやりたかった。抱き締めさせてください。

女性看護師は、夫の体を持ち上げようと力添えするが、浮腫《むく》みで十キロ以上も重さを増した体は二人でしても持ち上がらず、私は夫の頭だけを起こして抱き締めた。

ごめんね。苦しかったね。

口をついたのはそんな言葉だった。

逝った。とうとうこの時を迎えた。他にどんな思いも浮かばない。とうとう、別れていった。


こうしてこの九か月間を記述しながら、今はまだ、降りかかったこれらの出来事、それに対処して未踏の域へと振れ続けた自分の思いを、何らかの意味につなげることも、昇華した境地にたどり着くこともできない。ただ、九か月間が残した事実のみを、抱えるだけである。

夫が懸命に生きてくれたこと、それは別れのための時間となり、私を支え救うものであったこと、そしてこれらは、夫が最期に、無言のまま遺してくれたものであること。

岸辺に立つ

砂利で囲まれた家の隣には、百五十坪ほどの農地がそのまま残されている。以前は家の建つ部分を含めて銀杏畑だった。今は銀杏の木が二本だけ、一面の草むらの中に低く剪定された姿で立っている。その緑色の所々に、彼岸花の赤い群れがある。

ヒガンバナ、と私は声に出していた。ここ数か月の間に、こんな独り言の癖がついた。そして、去年はこれを見たか、これほど咲いていたかと思い出してみる。記憶にない。昨年の今頃は、夫が危篤状態にあった。まもなく夫は逝き、来月で一年を数える。長い一年だった。飛ぶように過ぎていた月日が、途端に足取りを鈍くし、一日は持て余す程の長さになった。生活は形だけはこなし、その底で身も心も這うようにしながら、陽が昇っては暮れるのを遣り過ごす。一日が終わる。

その終えた先には何もない。未来や希望や喜びや幸せの、生の基盤を無くしたと感じる。

昨年の九か月間で人生は一変した。夫は一月に脳出血で倒れ、意識の戻らないまま九か月後に亡くなった。病状と治療に合わせ、三か所の医療施設への転院を経て、最期は呼吸不全で命を閉じた。日常の時間から突然非日常へと放り込まれ、緊張を弛められず無我夢中で送った九か月間だった。

私たちには子供がなく、たった一人の夫の肉親である姉は海外にいて、夫との諍《いさか》いの末に疎遠になっている。そのため、すべては私一人で抱えた。葬儀、没後の諸手続き、相続へとそれは続く。期限のある手続きは、現実感が失いまま、浮遊するように身体を運んでこなした。市役所で、社会保険事務所で、書類の死亡欄に繰り返し夫の名前を書いていく。死の実感がないのに、既成事実であることを強いられている。自分の生は激しく揺さぶられているのに、社会の揺るぎなさに淡々と組み入れられて、それは吹きさらしの中にたった一人置かれたような感覚だった。

夫の葬儀は、私にとって重要なものであった。危篤状態となったひと月と一週間の間に、その思いは芽生えた。多くの人と関わった夫の人生に沿い、一人でも多くの知人に見送られてこそ、その魂を慰めることもできるのではないか。夫の人生は、葬儀の日まで続いている、そう思えた。セレモニーであり、葬儀会社に一任する以上、自分の内奥とは乖離する部分もあるが、突然人生の幕引きをされた夫と、やはり日常の瞬間に引き離され永遠の別れへと辿らせられた私の、無念と悲痛とを表わしたい。さらに関わった人たちへ、夫は最期の挨拶をしたいだろう。それを私が代弁できないか。三十八年間寄り添って遺された私の、任務のように思えた。

二百人ほどの参列者を前に、喪主として私は長々と挨拶した。意識の戻らないまま九か月間懸命に生き、別れのための時間を私にくれたこと、老後のための住宅を建てながら、住むことを叶わずに逝った夫は無念であったろうこと、長く携わった農政での交流は夫の人生を充実させ、さらに人や地域のために尽くし走り回った夫の、そこで紡いだ親密な関係は、良くも悪くも内容の濃かった夫の人生に、生きがいと喜びを加えたであろうこと、少し短めに人生を終え旅立った夫は、親交のあった方々を天上からも見守るだろうと思う、と私は締めくくった。

挨拶が終わると、激しい疲労感に襲われ、その後は鞭打つようにして式次をこなした。それでも、式は始まりから啜り泣きに包まれて、最後には親しい友人達の涙声の呼びかけと、別れや感謝の言葉とで棺は見送られた。火葬に向かう車の中の、私の耳にまでその声は届き、これでよかったと、自分の役目を終えたと私は思った。

ところがその後すぐに、私は新たな問題に直面させられる。葬儀の翌日、参列のために帰国していた義姉が、夫の遺産を相続する権利を主張してきた。子供のない夫婦の場合、遺産の四分の一は姉弟が相続する権利を持つ。だが姉がそうした主張をするのを見越して、夫は二年前に遺言書を書いていた。全財産を妻一人に相続させると。自筆遺言書のため、裁判所の検認手続きが必要で、それが認められれば、姉弟には遺留分は無いために遺言書の文面通りになる。その申請と義姉とのやり取りを弁護士に任せることにした。夫の従姉弟にあたる弁護士から紹介された地元の弁護士で、夫が亡父の相続の際にも義姉との問題を相談していたので、事情はよく知っていた。

体と心に鞭打ってでも、やり遂げなければならないという思いがあった。遺言書を書いたことは夫から聞いていたが、必要となっても先のことと読みはしなかった。初めて目にした文面の中に、妻の生活を守るためにこれを書いた、との一文があった。その思いが確実に執行されるよう私は応えなければならない。弁護士を頼んだのは、思うように動かない自分の体と命を守るためであった。命とは大げさなようだが、その理由は、二年前からの夫の体と心の変化にさかのぼる。

当時、九十一歳で亡くなった夫の父の、その相続にあたり、義姉の遺産分割の主張に夫は苦悩を深めていた。跡継ぎとなってからの父親との長い確執もあった。亡父は夫との感情の拗《ねじ》れから、生前義姉に数々の優遇を施していた。それ以来時折、「俺は長生きしない」という言葉を口にするようになった。体の不調かと問い詰めても、急を要する症状を口にするわけでもない。実際、普段通りによく体を動かしていたし、苦痛を抱えているようには見えなかった。今になって憶測すれば、精神的なものからくる体の疲弊を感じていたのかとも思う。義姉の言動によるストレスが脳動脈瘤の破裂に繋がったわけではないが、最後の一押しにはなったのではないかとは思っている。だから弁護士の費用は、夫の二の舞にならないための、自分の命の代価であると考えた。

さらに夫は、切実な物言いをするようにもなった。よく覚えているのは、「お前を新しい家に住まわせること、それが俺の目的だ」と、「俺にとって、お前が一番なんだ」の二言である。普通に考えれば愛情表現の言葉だが、普段感情や心の内を露わにしない夫の、突然の変化だった。そんな言葉を口にせざるを得ない、そこに夫を駆り立てたものを、意識して探って対応すべきだったと、亡くなってから激しい後悔に苛《さいな》まれた。

遺された言葉は、それゆえ鮮やかさを増す。夫の遺志を遂行する使命感で、自身を支えようとした私を、言葉は下支えしてくれた。

変化はもう一つあった。これらの物言いと並行して、夫は私と顔を合わせる度に、にっこりと笑みを返すようになった。三十何年も連れ添った夫婦が、ここにきて微笑みかけるという気遣いをすることに対し、私は真顔で尋ねたことがある。体が脆弱で不調に苦しみ、喘ぎながら日常をこなしている私を励まし、応援のために送っている笑顔なのかと。夫は答えなかった。こんな話を人にすれば、予感があったのではないか、などと返されるかもしれない。それは私の中にもあるからである。しかし、私には予感では済ませられない。今になって思うのは、それは私に向けたものではなく、夫が自らの状態を表現したのではなかったか。つまり、笑顔を浮かべる大丈夫な状態であると私に伝えながら、逆に笑顔とは遠いものを潜めていたのではなかったかと。

人は役目があれば、生きる意味など問わずに日々を送る。日常の煩雑に喘ぎながらも、滞りのなさに心を満たすこともある。そうして暮らし、突然役目を失い取り遺された自分の生の、その虚ろさに打ちのめされる。失ったのは夫との間にあるものだけではない。夫が持つ世界と、そこから影響を受けて生きる自分の一部をもである。以前と同じ場所で、続きの時間を生きながら、土台としたそれらが消滅してしまうと、そこはまるで異邦の地のようである。朝目覚め、重い心身を起こしてカーテンを開けた窓の外は、見も知らぬ人たちの言葉の通じない場所であった。その感覚は夕方から夜にかけて激しさを増す。心の置き場を探しあぐね、虚ろに目を据えた窓の外に広がるのは、自分の運命や心情を何一つ投影せず、一切の交渉のない、生きる場所すら残されていない世界に思えた。

亡くなった後三か月ほどは、何故こんなことになったのか、どうして死ななければならなかったのかとの思いが吹き荒れた。原因は自分の至らなさにあると責め、遺影の前で泣いて謝っていた。苦しむことで自身を罰し、罰を受けることで償う、心の平衡を保つための、崩壊からの防衛反応ではなかったかと思う。遺品には目をやれなかった。病院や施設で使っていた道具一式は収納棚の奥に仕舞い込んだが、それでも箪笥の引き出しを開けた時に不意に目にする夫の衣類などは、猛烈な悲しみを呼ぶ。

何もかもを置いて人は逝く。三十八年寄り添って生きた、たった一人の家族の私をも置いて。愛や絆の、人生をかけて守ったものなど、何物でもなかったかのようにあっさりと切り捨てられていく。

四か月目に裁判所の検認日を迎え、その後相続の手続きに着手し、登記を初め名義の変更、税理士との相続税のやり取りなどがほぼ済んだ頃になると、持病のリウマチで痛みを増していた足首が、まともに歩けないほどに悪化した。夫の医療に没頭した後の、自分の医療受診に気力が伴わず自然快癒を祈っていたが、痛む足で実務に追われ、実務そのものも精神的な負担となり回復はしなかった。不自由さも限界となり、私は病院に足を向けた。そこは夫が救急車で運ばれひと月と十日過ごし、最後に再び救急搬送されて、ひと月と一週間いた場所である。私も二度の内臓の手術をし、長い間リウマチの治療に通った病院なので変えることもできなかった。

病院の駐車場から見上げると、目の前に聳える中央病棟の十階の右端に、個室の窓がある。半年前、あの窓から私はよく外を眺めていた。そばのベッドには、心電図、血圧、脈拍のモニターや、酸素を送る呼吸器、点滴などにつながれて横たわる夫がいた。こうして見上げるのは実は二度目で、亡くなってひと月もたたない頃、保険の書類のためにここに来ている。喪失の受け入れ難さと身を引き千切られるような悲しみの中、駐車場にたたずみ見上げた途端、あの窓の内のベッドの上に夫は横たわり、行けばそこにいるような幻惑に捕らわれた。ほどなく現実の臨場がそれを掻き消し、立ち尽くして私はぼろぼろと涙を落とすしかなかった。

窓からは、岐阜駅前の高層ビルと、蛇行する長良川、岐阜城と金華山とが見晴らせた。三十八年前、知人も友人も親族の一人もいないこの土地へと、夫との結婚のために実家のある山形から来た私にとっては、岐阜は言葉も風習も分からない異郷の地であり、夫一人が頼りの地であった。そのはずなのに、心細さの記憶はなく、当時二十五歳だった私には怖いものなどなくて、東京での大学生活の延長、新しい土地での生活の始まりに過ぎない程度の感覚だったかもしれない。

その夫が、間もなく私の元から居なくなるのだ。私はこの土地でまた一人になる。もう異郷の地ではないが、繋いだ夫がこの世を去る。到底向き合えない現実を前に、絶望と焦燥とを目の前の景色に重ねていた。

病院の玄関から続く長いゲートも、忘れられない場所である。ここは退院や転院の際に、寝台車などが駐車するスペースだ。ＩＣＵとＨＣＵ、一般病室で過ごした後、二月の中頃に、転院のためリハビリ病院から迎えに来たワゴン車へと、夫はストレッチャーで運ばれた。夫の担当で付き添っていた看護学校の学生が、半袖の看護服のまま見送りに付いてきていた。外は雪が舞い、冷たいであろうその腕を両手で包み、私は別れの挨拶をした。肌は意外に温かく、私と夫に親身に優しく接してくれてありがとう、支えられました、いい看護師になってくださいね、と言葉を紡ぎながら胸が詰まった。病室で彼女から、夫の名前を表紙に冠した、手足のマッサージをイラストで解説した手作りの冊子を渡されていた。担当になってすぐの頃、とっても仲がいいのは手に取るようにわかりますよ、と彼女から言われ、二十歳ほどの娘から六十代の夫婦が言われる言葉かと、苦笑した思い出がある。彼女はいつもの朗らかな笑顔で、私たちの車に手を振った。

ワゴン車の後を自分の車で追いながら、十分程度の移動距離だが、浴衣にタオルケットをかけただけの夫は寒くはないかと不安になった。病院内の暖かさもあって、毛布の用意を思いつかなかった自分の余裕のなさを嘆いた。寒かろうが痛かろうが、何も表現できない夫の痛々しさと哀れさを、心の底まで沁み入らせながら、先は何も見通せないが今は前に進むしかないのだと、フロントガラスに吹き付ける雪の欠片を分けるように走っていた。

内科の待合室は病院の玄関から一番奥にあり、途中左に曲がれば中央エレベーターのホールがある。ここも、最初と最期の、合わせて三か月余り通った場所である。危篤状態と言われていた頃、十階の病室へとエレベーターに乗ると、降りた傍にはナースステーションがあり、ドアが開いた途端ポロロンポロロンという器械音が迎える。夫が繋がれたモニターを、ここで監視する装置である。廊下中に響き渡るその音を聞き、病室に向かいながら、ああ夫はまだ生きているのだと、確かめるように思う。器械音は紛れもなく夫が呼吸している音であり、それは命の音、と私は胸の内で呟いていた。

総合内科の初めて対面する医師に、リウマチなのか、他の病気がないかも検査すると言われ、寝かされて十二本もの採血をされた。担当医師はその結果を眺めて、リウマチだけを指摘した。渡された検査項目には、馴染みのないアルファベット文字とカタカナが並び、数字の横には何か所か基準値をはみ出すチェックがされていたが、病気とする判断には至らなかったのだろう。検査結果の表を眺めながら、夫が二か月間いた介護施設での、血液検査の数値を思い出していた。多くの項目には、基準値とは桁違いの数値が並ぶ。異常値はそのまま病態の重さを表していた。それに引き換え、この自分の、何と正常な、健やかな数値。この健やかさが、いったい今の自分の、何のための益となるのか、何をするための。するべきものなど何一つないと、無意味、という言葉が虚しく湧いてくる。

通院を初めて四か月が過ぎた頃になると、足の痛みが和らぎ、長い歩行は無理でも生活に支障のない程度に改善し、体を押し潰していた疲労感も幾分無くなった。だが、こうして体を治す努力をして生活を送る、そのことの意味や、改善の先にあるものが摑めず、途方もない虚しさの中にいた。虚しさは世の中のあらゆる事象に対して湧き、特に夫が関わった仕事や行事に対しては激しく、さらに自分が生きるためにしている生活の行為にさえ湧き上がってくる。その度に、もう人生を終えたい、と思う。それは夫が決して望まないだろうことであると、その憶測だけを寄る辺に自身をなだめ、もがきながら手を伸ばしたのは数多くの著書だった。

「死」とはどういうことかを、脳科学や医学の側から解説したもの、さらに死の臨床に関わるもので、終末期の医療関係者や患者自身が綴ったもの、そして遺族やグリーフケアの専門医が記録した悲嘆の辿り方、僧侶や作家が書いた仏教の教義などを、目にすれば手当たり次第に読んだ。

読めばすぐ刮目するような記述には出会えなかったが、僅かでも触れてきて、心性を少しずつ修正することができた著述は数多くあった。その中に、特に感情を揺さぶられた話がある。諏訪中央病院の緩和ケア医師の、鎌田實が書いたものだ。終末期の患者が死に臨む姿や、それを看取る遺族や医療者について書いたノンフィクションは数多いが、それは人ではなく動物の命について書いたものだった。

二〇一〇年、宮崎県で牛の口蹄疫《こうていえき》ウイルスが発生した際の話である。感染を広げないために、牛や豚、ヤギやイノシシ、水牛まで、約三〇万頭余りの家畜が全頭処分を決められ殺処分された。長年、家族同然のように牛を育ててきた酪農家達の中には、心の後遺症が続き、食事も睡眠もとれず安定剤が手放せない人もいたという。その中で、殺処分される日に牛の出産があった農家の夫婦がいた。徹夜で立ち会い、生まれた子牛をタオルで拭い母牛の乳を吸わせた。たった十一時間だけ生きる命だった。健康な牛でも、ウイルスの絶滅のためには殺処分するしかなく、牛達はワクチンの接種後、地域の埋却地へ連れていかれ埋められる。夫婦は、今まで以上に丁寧に出産を介助し、母牛に子牛を寄り添わせ、せめてお母さんの傍に埋めてもらいなさいと、母と子にお揃いのリボンを付けた。春になったらその土の上にクローバーとひまわりの種を撒き、花で埋め尽くしてやりたいとうつむく。

牛達の哀れさに、まずはぽろぽろと涙を落とした。それから、こんな辛さ悲しみを味わい、またそれを抱え生きていくのかと、酪農家夫婦の心情を思った。そして後になってから、自分がこの話に傾倒した訳に気が付いた。終末期を記したもののほとんどは、当人と、医療者や遺族との間のやり取りで描かれていた。だが私の夫は、九か月間反応のできない状態だった。意識の戻らない夫と、物言わぬ動物との、対象の相似。期限の迫る中で、断たれる運命の命を目の前で見詰め続けなければならなかった苦悩を、私はこの酪農家夫婦に重ねていたのだ。

そして今、咀嚼《そしゃく》して考えることによって、心の底で少しずつ羽を伸ばすものがある。それは、七十年以上も前に書かれた『夜と霧』の著者、ヴィクトール・フランクルの言葉だ。ホロコーストから生還した精神科医の体験記として有名だが、それは記録であると同時に、心理学的に極限状態の人間を見詰め分析し、人間はいかなるものかという真実と、それでもなお人生や運命を肯定する言葉を綴った著書でもある。のちに著作や講演などでその思想は世界中に広められ、それは日本においても、また現代においても、数多くの苦悩する人を支えたという。

ガス室と焼却炉と死体の山に囲まれ、飢えと寒さと強制労働と日常的な殺戮の中でも、少数の人間が人間の尊厳と愛を守り続けたという事実をフランクルは記している。さらに、死を待つ以外に何も残されていない中に、光を見つけることができた人達がいたということも。

人が何もかも奪われた後に残された、生きるための道標として、自身ではどうすることもできない運命に直面して「生きる意味」を問う現代の人たちが、掬い取ったその中の一節とは次のようなものだった。

〈人生から何をわれわれはまだ期待できるかが問題なのではなくて、むしろ人生が何をわれわれから期待しているかが問題なのである。［略］ われわれが人生の意味を問うのではなくて、われわれ自身が問われた者として体験されるのである。人生はわれわれに毎日毎時問いを提出し、われわれはその問いに、詮索や口先ではなくて、正しい行為によって応答しなければならないのである〉

さらに、こうも言う。自分では変えることのできない運命的な苦悩に、人は翻弄されるだけの存在ではないのだ。運命に対してある態度をとる自由がある。そして人間は苦悩を引き受けることができると。

初めからピンと来たわけではない。やがて、言葉はほぐれては絡み合い、ある時すとんと心の底に降り立った。途端に込み上げてくるものがあった。意味を問うのは間違いであり、意味は私が作り出していくもので、そう期待されているのだ。問いに応えるのは生易しいことではないが、苦悩をどう引き受けていくかは、私が決めること、虚しさの中にその自由だけはある。

その苦悩について、フランクルは「それでも人生にイエスと言う」の中でこう書く。


〈生きることそれ自体に意味があるだけではなく、苦悩することにも意味、しかも絶対の意味があります。ですから、その苦悩に外面的な成果がない場合、したがって苦悩がむだなものに思われる場合でも、その意味を実現することが可能です。そして強制収容所で経験されたのは、とりわけそうした苦悩だった

のです。［略］
ひとりひとりが、とにかくどこかにだれかがいて、見えない仕方で自分を見ていて、ドストエフスキーがかつていっていた意味で「立派に苦悩に耐える」ことを求め、「死を自分のものにする」ことを期待しているとわかっていたのです〉

苦悩する自分を見詰める、私にはもう一人の自分のように感じる視線の存在を、意識することがある。今の自分の生きる姿を評価し裁定しようとしているのは、自らの人生からの視線、ということになるのだろうか。

もう一つ決して奪われないものに、「過去からの光」があるとフランクルは言った。亡くなった人が生きた時間、その人と過ごした時間、そこで感じた幸福の記憶は決して失われないと。

過去からの光は背後から射すのだから、きっと背中を押すのだろう。夫との生活の中で幾度も味わった幸福の瞬間は、この先、自分の人生を肯定する宝となる予感はある。目の前に取り戻すことのできない夫を思う悲しみ苦しみが、いつまでもかき消せない火のようにあるからこそ、残りの人生も共に生きていける、やがてそう思える時が来るという予感もある。私はよく夫の名前を呼び、語り掛けて、その姿や声を蘇らせようとする。現れるのは、日常でよく見せた笑顔と、それが癖の冗談交じりの労りや励ましの言葉だ。

嵐のように吹き荒れていた悲しみは勢いを納め、今はしんと冷えた朝に、突き刺さってくる冷たい空気のように変化している。

私が今立っているのは、人生の岸辺、そんな思いがする。いつか渡る向こう岸を見据え、流れを前に、踏み締めてこの岸辺に、立ち続けるしかないのだろうと思う。

胡蝶花《シャガ》の友

庭にある草木を話題にして、言葉を交わす合間に、志田さんは玄関脇の草を気にして引き抜き始める。そんな志田さんのしゃがんだ姿を視野の隅に置いて、屋敷の西側の開けた方へ、土手の青々とした草むらへと、私は視線を移した。

五月という月は瞬く間に景色の色を変える。自分の屋敷は毎日のように、車での移動中も外を眺めながら、いったい何を見ていたのだろうか、見詰めていたのは自分の内側ばかりだったのか、今ようやく移ろいに気付いた。

ここから土手までは三十メートル程の距離だろうか、手前五、六メートルの所までが志田さんの屋敷である。境にある柿の木の向こうは平坦な草むらで、古い墓が六基一列に並んでいる。集落のどこかの家の先祖なのだろう、だが墓地ではなくあくまでも私有地という雰囲気だ。墓の傍には十メートル程の高さの木がぽつんと一本、新緑を風に揺らしていた。ふとその下に動くものを捉えて、視線を凝らした。草の中をもぞもぞと進む茶色の背中にキツネかと驚いたが、伸びをするようにひょいと顔を上げたのは茶色の大きな猫だった。猫は草に足を取られ時折よろけながら、一歩一歩踏みしめるように土手の方へと歩いている。その時、騒めきと共に風が渡った。澄んだ青い空を背に、陽光をガラスのように新緑がきらめき返し、一面の緑の中から猫の茶色の毛がふわりと逆立つ。

唐突に、今までにはない感情がこみ上げてきた。

あと少し、生きてみようか。こんな風景に胸を掬われ、爽快と感じ命にいたわしさを覚え、それをささやかな喜びとして、この世界に身を置くことはできないか。

死にたいと思っていたわけではないけれど、生きていく意味を見付けられなかった。夫を亡くして以来、同時に自分の大部分も喪失したと感じていた。

「食事、いつにする？」

ふいに志田さんが声をかける。

「来週で、どう？」

振り返り私が答えると、

「来週なら、もう少し快くなると思うから、いいよ」

昨日の夕方、食事に誘おうと電話をしたところ、草取りの最中に片方の肩あたりを縁側にぶつけて痛み、ここ二、三日車の運転も控えていると言う。一人暮らしで運転ができないなら買い物はどうしているだろうと、午前中に様子を見に家を訪ねたのだった。

「たぶんヒビでも入ったんだろうね。でも少しずつ和らいでるから、明日にでも車にも乗れると思うよ」

と、志田さんが案外元気な様子で答えるので、それを機に、二人は庭を眺め始めたのだった。

志田さんとは一年半前に、私が夫を亡くしてから付き合いを再開した。志田さんも八年前に夫を亡くしている。知り合ったのは三十年ほど前で、小、中校生を対象にした英語塾の講師仲間として交流があった。当時二人とも三十代前半で、志田さんは四歳年上だった。互いに講師を辞めた後、それから二十年あまりのブランクがあり、親切だった志田さんの姑が亡くなったと聞いて訪ねたことがあったが、留守で会えなかった。この時すでに志田さんの夫は闘病中で、ほとんど病院に詰めていたという。以降音信は途絶え、志田さんの夫が亡くなったと知ったのはずいぶん後になってからのことだった。

志田さんの家は、実は夫の遠い親戚にあたる。夫の通夜の席に来てくれた志田さんは、「いったい、どうしちゃったの?」と、棺の前に座る私に声を掛けた。通夜が終り、式の参列者を見送りながらハンカチに顔を埋める私に、志田さんは私の前に立つと、首に垂らしたペンダントのロケット部分を喪服の胸からとり出して語り掛けた。

「夫は、いつも一緒にいるのよ」

後でそれは、遺灰を入れる「ソウルジュエリー」と言うものだと知ったが、あの場での精いっぱいの励ましを、志田さんは口にしたのかもしれなかった。

　葬儀を終えてからの日々は、喪失の苦悩と悲しみ、途方もない虚しさと、別世界を生きるように送った。そんな中でふと、通夜で掛けられた言葉を思い出すことがあり、志田さんが夫を亡くしてから今日までの、その内実を知りたいと思うようになった。この現実を、同じ運命の人はどう生きたのか、志田さんに電話をして尋ねたことがある。その後私が食事に誘うと、応じてくれた志田さんから直に話を聞くことになった。

　経験から答えてもらおうと、内面に徹して話す私に対し、志田さんは当時の心情についてはあまり語らなかった。八年という歳月のせいか、志田さんの性格によるのかは分からないが、当時は鮮明であっても、記すことでもしなければ繊細な想いほど霞んでいくだろうし、また内面は語りにくいこともあるかもしれない。どちらにせよこの時は、歳月が薄めず志田さんが言葉にしたいものを、摘み出すように話した。

　強い後悔があるという。闘病中の夫との会話の最中に、人はみんな死ぬのよ、という言葉を返したことだ。どんな会話の成り行きだろうと、あの状況で言うべき言葉ではなかったと、口にすれば噴き出すものがあるのか、志田さんは顔を歪めて語った。そして葬儀から一か月が経つ頃、突然アルバムの整理に取り掛かった。それは取捨のための整理ではなく整頓しただけのものだったが、思いがけず夫との恋愛時代の記憶が次々に甦《よみがえ》り、楽しい時間であったという。

遺品は未だにそのままの形で遺され、夫の車さえ処分したのはつい最近である。いつも身近にいるような感覚と、匂いとして気配を感じることもあったという。食卓には夫の写真があり、食事の際は取り分けた皿をその前に置き話しかけながら食べた。でも、と志田さんは、人が来た時や子供の前では決してやらないけどね、と笑って付け加える。夫に伝えたい言葉や話はノートに書いた。遺影の前には、今ではそのノートが何冊も積み上げられている。食卓とノートの習慣はまだ続いているという。夫がいる時は、伴侶を亡くす話を、世間に溢れることで夫婦はいつかは経験することと処理していたが、これほどのものだとは思わなかった。経験してみないと分からない、身に沁みて思う。そう語る志田さんの言葉に、私も頷く。

話された内容は、私には意外だった。三十年前も今も、細かい気配りと軟らかい物腰を持つ志田さんだが、同時に、意志や主張のしっかりした自立心の強い人という印象もあった。続けてきた楽器の稽古やボランティアにいそしみ、コンサートや映画にと一人で出かけ、農地や家屋敷の管理、親戚や地域の付き合いなどをこなしている。

そこには昇華した境地があるのではないか、と期待していた。だが語られたのは、喪失を補い続けている行為にも思えた。そこに漂う不全と飢餓感は、自分の今の精神状況と変わらない。だがしばらく後になってからだが、別の思いが生まれた。喪失の不在を受け入れるだけが、前を向くことではないのかもしれない。良くも悪くも蘇る記憶や溢れ出る回想は繋がりでもある。語り掛ける行為は魂との交流であり、それは自分の中に亡き人を入れて魂の器となること、生前とは違う新しい関係性である。志田さんは、そんな地平にいると思うようになった。

〝楔《くさび》のように刺さった悔い〟、遺族が書いた本を読むと、そんな言葉と出会う。喪失なら長い時間をかけて埋められるかもしれないが、これは引き抜くことができない。相手はもういないから、取り返しがつかない。私にも、志田さんの悔いと通ずる後悔がある。志田さんは闘病中、私は臨終の時、どちらもこの身一つに委ねられている状況の時である。

夫が危篤状態となったひと月と一週間の間、病弱で体力のない私は、常に付き添って傍にいることができなかった。長い間そんな私を支えてくれた夫は、きっとわかってくれていると、胸の内で頭を垂れ謝っていた。付き添うのは朝早く病院に来て昼までという、一日の四分の一の時間だった。臨終の日、その時間を待っていたかのように、夫は私の目の前で、呼吸や内臓の機能を下降させていった。後に終末期医療を担う医師が書いた本の中で、「死にゆく人は時を選んでいるとしか思えない」という記述を何度か目にし、夫は私が来るのを待っていた、別れがしたかったのだと、得心がいった。それなのに、私のとった行動はそれに応えるものではなかった。心構えなど持てなかったので私は慌てた。部屋の外に出てはすぐ駆け付けられるわけもない兄に電話をし、看護師を呼び、モニターの数値ばかりに目を貼り付け、自分が今やるべきことの優先順位を見失っていた。ただひたすら、傍でその手を握っているべきだったと今では思う。夫の体でまともに触れられるのは手しかなかった。顔には大きな呼吸器が仮面のようにあてがわれ、常に酸素を送る激しい音が響いていて、呼吸の音も唇の動きも分からず、体にはモニターや点滴の管が幾本も繋がれていた。九か月間意識が戻ることはなかった、その反応の無さに、最期まで引きずられてしまった。

これに関しては、志田さんの場合は違う。臨終の際、キスをして送ったと言う。それを聞いた時、最高の看取り方だと感嘆した。看取りは、送る側の思いというのに尽きる。思いのたけを伝えせめてそれに包まれて旅立って欲しいという、送る者を満たす完結であり、その後を歩むための納得でもある。一年と数か月の間、治療中の病院やホスピス病棟に付き添って泊まり込み、こんな看取り方をした志田さんは、そこに悔いはないのかもしれない。うらやましいと溜息が込み上げた。

闘病から終末までの間の、志田さんと夫が交わした言葉については語られなかった。私には想像の及ばないものだが、尋ねる気にもなれなかった。憚《はばか》れるのはもちろん、私の煩悶も増すだろうと思った。夫は日常で突然倒れて最期まで意識が戻らなかったから、言葉一つ交わさず遺さずに逝った。三十八年間連れ添ってこの別れはないだろうと、何度も運命を嘆いた。それでももし喋れたとしたら夫は何を語っただろうかと、想像を巡らしてみることはあった。見当はつかなかったが、最期だけは、夫の性格を思えば穏やかな受容に行き着くのではないか、人生を肯定的に振り返り、私への感謝や励ましの言葉を遺したのではないか、と想像したりした。人生の折々で見せた姿勢から推察したもので、またたぶんに私の切望もあるのだろうけれども。

一年先の自分の精神状態や生活が、こうして志田さんの話を聞いた折は全く想像できなかった。せめて精神のコントロールを学びたかったのだが、具体的には摑めず、それでも生き延びることができる、人間とはそういうものらしいと、確認するだけとなった。同時に喪失感の底深さをも思い知らされた。

一年半が過ぎた今となっては、具体策など無いと分かる。底を這うような精神環境を生きるうちに、策や努力の入る余地なく、精神の摂理のようなものとして目線は緩やかに上げられていく。夫の死は、理性や、まして感情や感覚で納得できるものではなかった。ただ、不在の事実から目を逸らすようにして、一人きりの生活を重ねるうちに、いつの間にか物理的な現実だけは引き受けているのだった。

志田さんとはその後、コンサートに行った。志田さんが大学生の時に、私は高校生の時によくヒット曲を聞いたシンガーソングライターのもので、古希を超えても毎年コンサートを続けている、その地方公演だった。会場が二人の家の近所なので私が誘った。音楽を聴くと感情が溢れることがあり、志田さんの隣でぼろぼろと泣いて困らせはしないかと心配したが、青春期を甦生する曲は今の心境とは重ならなかった。

終演後、志田さんは、演奏に使われた琵琶と琴の音色に魅了されたと感想を言う。その音色に引き寄せられるように、その夜共にした夕食の席では、「あちらの世界」についての話になった。

「親戚に霊感の強い人がいてね、私はそういうの信じる方なんだけど、すべて納得してる訳じゃないの。だけど死ねば『無』になるとも思っていない。だって魂は不滅で、自分が死んだら、あちらでまた会えると思った方が嬉しいし気持ちが穏やかになるじゃない。分からないのだから、そう信じた方がいいでしょ」

と志田さんは言う。なるほど合理的だ、と私は思った。「あちらの世界」は誰によっても何によっても証明されてはいないから、信じるかどうかだけである。信じれば得るものがあり、信じなければ現実の追認にとどまる。苛まれる悔いや別れが、将来の再会によって解消されるとしたら、これほどの心の安定はない。これが信仰なのだろう。証明されていないものは賭けるしかない。さらにこの賭けによって失うものはない。信仰はこの世にいる間だけのこと、生きている間にいかに魂の喜びと幸福を得るかである。

科学での解明は一握りに過ぎないのに、私はこれを基準に判断してきた。今となっては科学に限らず、自分の基準の僅少さを経験の度に思い知る。世界は無常であり、生と死は自力の埒外にあることなど、会得してはいなかった。だから「あちらの世界」もあるかもしれない。謝罪は、あちらに行ってからすればよい、今は苦しむことなく、魂からの眼差しに語り掛けては、孤愁をなだめながら生きればいい。

人が生まれ、生涯を送り、死んでいくとはどういうことなのかと、夫を看取ってから考えることが多い。普遍のたった一つの真理があるというより、答えは無数にあるのではないか。夫の生前、その考え方や価値観や人生観等から影響され、自身のものを修正したりまた指針としたり、夫の死後も夫に倣《なら》った習慣を続け、教わった技術をなぞるように日常で用いている、そんな自分の姿は、夫の存在なしでは形作られなかったものだ。一人の人間の存在と影響力の大きさはこれ程なのだから、生涯の長短に関わらずその意味と意義は確かに実在する。これは答えの一つとは言えないだろうか、まだ思考の途上だがそう思うのだ。

その後、三度目の食事の時だったと思う。志田さんが旅行の話をした。没後半年くらい経った頃、夫の写真を手に思い出深い地を訪ねたと言う。そこは繰り返し行ったとか何かの記念日の旅行だった所ではなく、若い頃に一度だけ訪ね感情のすれ違いから散々な思い出のある場所であった。夫がいる時は思い出したくなかった場所が、最も忘れ難い旅先と感じるようになった。こじれた感情越しに映る夫の姿や交わした言葉が、そこでは鮮やかに甦り、何よりも痛烈に夫の感触を得られたと語る。そして突然、自分は今、人生の到達点の場所にいるような気がしたと言う。

この話を聞いて、私にもある時ふと、意外な想いが湧き上がったのを思い出していた。それまでを反転させるような、啓示のようなもの、と言った方がいいかもしれない。

これまでに、生きていく上で、精神的に最悪の状態を、精神のコントロールが効かなくなってしまう事態を恐れることがあった。支える知力や経験の乏しさを自覚していたのだと思う。夫が突然脳出血で倒れ意識が戻らず、そのまま九か月後に亡くなるという事態は、私をその状態に陥れた。もはや正常に生きていけるとは思えなかった。それから一年と数か月が過ぎ、いくらか感情に折り合いをつけられるようになった頃、自分はいつかはこの状態に陥るべきだったのではないか、との思いが不意に浮かんだ。そこからどう生きるかを、試されなければならず、自分は無意識下で、この状態を恐れながら望んでいたのではないかと。瀬戸際に立つことで自身を知り、どう乗り越えるかを試してみたかったのではないか。そして最後に人生を振り返った時の総括は、そこから生き延びた先でしか得られず、自分が生きてきたことの何たるかを知るために、今やっと出発点に立っているのではないか。この苦しみや悲しみは、運命のように不可欠であったと。

その思いと前後して、突然過去の記憶が甦るようになった。幼少期から今までの、特に亡くなった家族、両親や長兄、もちろん夫との出来事が、次から次へと押し寄せてくる。一度も思い出したこともない、こんなことも覚えていたのかと驚くものもあった。過去ばかりを振り返る、後ろ向きの自分を危惧したりもしたが、そんな意志に構わずに浮かんでくる。そこには境遇や出来事を、総括からの視点でみるという意識があったように思う。今後を考えるために、生まれてきた作業としか思えなかった。

夫が自身の人生を振り返る間もなく幕を下ろされたことで、私は自分の最期を考えるようになった。先のことでしかなかった老後という現実も、突然目前に迫ってくる。子供が無く、兄弟や親族が遠方にいる私は、あらゆることを想定して準備をし覚悟をしておかなければならない。夫や、何人もの血縁が超えた死の垣根は、私には低いものとなった。振り返れば、自分の人生は人並みから逸れた苦難もあったが、恵まれた境遇でもあった。両親や兄弟達からは惜しみない愛情を、夫には大切にされ優しく支えられたとの思いがあるから、感謝して最期を迎えられるだろう。苦難の増える今後の生と相殺しても、それはお釣りがくるほどの幸福だったと思える。

それでも、喪失の苦悶と悲しみは、終わりなき荷重であることを、志田さんが表現した言葉がある。コンサートの夜、食事の帰りに街灯の下を歩きながら、ひんやりと湿った夜気に向けてそれを口にした。

「死んだもの勝ちだよね」

続いて、しみじみとした口調で言った

「夫婦は、先に死んだ方が楽だと思う。遺された方は、ほんとうに、かなわない」

逆説的な表現に込められた、やるせなさが身に沁みたが、こう聞いた。

「八年たっても、そんな感じ?」

志田さんは、顔を正面に向けたまま答えた。

「喜びも楽しみもなくしたまま、ただ生きてきた。そんな感じ」

「生きる目標とか、生きがいとか、そういうものは？」

「無いわねえ。生きるしかないから。受け入れてね」

見上げる夜の空に、極北のイメージが重なる。中心から遥か遠い最果てに立ち、そこから事象を眺めている、自分の日常にあるそんな感覚は際限無く続くということか。

「あと少し、一緒に居たかったなあ」

そんな言葉を、志田さんが口にしたこともあった。宥《なだ》めてきた悲しみを揺さぶられる思いがした。志田さんの夫は六十四歳、私の夫は六十二歳、本当に、あと少し、あと少しは、際限がなくなると分かっていながら。

もし自分が先だったらと、立場を逆にした想像を志田さんが話したこともある。案外、同じような想像に駆られるものだと思った。私の場合は、遺された夫の悲嘆と生活ぶりを想像すると、とても正視できず、死にきれないと痛烈に思った。

そうして「死にきれない」の矛盾に気が付き苦笑する。だがこれは、逝く側の想い、と言うことでもある。

家事を担ってきた女の方がその後の生活に苦労が少ない、そんな通念に頷き合い、だからこれでよかったのかもしれないと、納得も受容もない結論を黙って共有し合った。

志田さんの家の裏手へと回ると、軒下の日陰に、胡蝶花《シャガ》が群れて咲いているのが見えた。

「あっ、胡蝶花《シャガ》が咲いてるね」

と私が言うと、志田さんが答えた。

「これ、胡蝶花《シャガ》って言うの？　知らなかったわ」

無理もない、本当に何気ない花である。

夫と暮らした前の家の屋敷に、広く群生していた。湿り気のある日陰を好み、伸ばした花茎を枝分かれさせて、花径五センチくらいの白っぽい紫色の花を幾つも付ける。アヤメに似た形で、花芯に黄色と濃い紫の筋が入る。初夏の頃に咲くので、季節のすがすがしさを映したような花だと、私はよく花瓶に挿していた。

目にしたものを切っ掛けに、繋がっていくのは夫との思い出である。屋敷の裏手にある銀杏の下の、増え過ぎた胡蝶花《シャガ》の群れを、夫は地下茎から掘り起こしていた。「いいだろ？　増え過ぎて歩く場所も無くなってしまう」と。承諾を求めたのは、私が好んで飾っていたからだ。花の咲いている時期のことだったのだろう。蹲《うずくま》って作業をする夫の、野球帽を被りジャージを着た後ろ姿と、問い掛けた時の顔が浮かぶ。

思い出を口にすると、

「持って帰って、飾る？」

と志田さんが聞く。

私が頷くと、花切り鋏を玄関から持ってきた。茎と茎が繋がり密生しているので足を踏み入れられず、手の届く範囲にだけ鋏を入れる。よく見ると、茎は下の方で手を繋ぐようにしてくっ付いている。図鑑にあった花言葉の、「友達が多い」

を思い出し、地下茎で増え過ぎるからと思っていたが、ああこんな様子からも来ているのか、と思った。種は作らず、暗すぎても日向《ひなた》でも衰え、明るい日陰の、やや湿った場所を適地とするとも書かれてあった。

清楚でさりげない可憐さもある、ひたすらすがすがしいと感じていた花に、ふと侘しさがあるのに気付いた。

切った胡蝶花《シャガ》の束を志田さんが差し出す。

受け取って掌《てのひら》に握ると、意外な硬さの細い茎から湿り気が伝わってきた。

黄泉へ

しばらく秋晴れが続いていたのに、その日は雨が降った。

しとしとと滴る雨粒を傘に受けて、腰の高さほどに創られた苔庭の前に立つ。埋葬の男の人の腕が、すっぽりと埋まる二十センチ四方の垂直の穴に、土に溶けるという袋に入れられた夫の遺骨が納められていくのを見守った。

当たり前のように目の前にいた人が、影響し合い濃密な共有世界を自分の中に創り上げた存在が、不意にいなくなり、骨になり灰になり、こうして土の下に埋められる。二年が過ぎてもなお腑に落ちることのない、拒む想いを引き摺ったままの納骨である。それでもやはり、これが最善の形なのだろうと、夫と私のどちらも、終の安らぎは信仰に依ってしか得られないのだろうと、そう考えた上のことだった。

黄泉へ

そういえば夫の葬儀も雨だった。儀式を終えた夜、夫の高校時代からの親友で何度も病院に見舞ってくれた人が、「あいつの涙雨だ」と綴ったメールをくれた。迫る務めを次々とこなした後の、極限に押しやられたような心境にいた私には、その言葉は緩く映ったが、嘆きだけは率直に伝わってきて気持ちを緩ませてくれた。

夫は顕著な雨男ではなかったけれど、移動や旅行の際には、極端な気象に見舞われることがあった。そんな時、生得の不運という言葉が私の頭を掠めた。結婚したばかりの頃、ひょんなことで受けた姓名判断で、夫の運の悪さを二度も強調されたことからくるものだった。論拠も統計としての実証も疑わしく思いながら、払拭できずに心の隅に燻り、不運を託《かこ》つ際にふと顔を出す。普段通りの朝に、突然脳動脈瘤の破裂で倒れ、意識が戻ることなく九か月後に亡くなった夫は、人生を振り返ることも言葉を遺すこともできなかったことでは、やはり運がいいとは思えない。さらにそれは建設中だった住宅の完成間近という時期で、自分が建てた家に一日も住めなかったことも、巡り合わせの運の悪さとしか思えない。

三十八年の年月を共にした私から見ても、運に恵まれたとの実感はほとんどない。それでも現実を受け入れて粘り強く、跳ね返すように生きた人だったと思っている。

一方で、私の方は運がいいのだそうだ。夫婦で分かれるのはどういう訳なのだろう。ということは、夫の不運の中には私との結婚も入っていて、その不運を踏み台に私だけが幸運に転じている、そんな解釈もあり得るのではないか。だとしたら痛恨の極みだが、そうはいっても自分を含め一体誰が、それを判断できるというのだろうか。

結婚生活の膨大な量の思い出が、亡くなってからの二年の間、そうでなくとも悔いと自責を伴って押し寄せるのに、土台そのものに負があるとすれば、もはやすべてが手に負えるものではなくなる。

これは不運の範疇と言えるのか、夫は親や姉弟との家族関係に苦しんだ。結婚後も変わらず自分の家族から慈しみを受けた私には、想像の及ばない心情があったと思う。倒れる前の年に、どんな話の最中だったか思い出せないのだが、「俺はこの家の墓に入らない」との言葉を口にした。翌年に襲われる事態を知る由もない中で、それは私への宣言や願意というより、話の成り行きで発せられた何気ないものだった。それでもはっきりと記憶しているのは、夫が心の傷を晒した言葉だったからなのだろう。

その遺志には従い、守ってやらなければならないと思う。私が直に聞いた言葉である。記憶から夫の遺志を探せなかったということでは、危篤状態のひと月と一週間の間の、延命としか言えない治療に対して、私は続けることを選択し、一日でも長くと喪失に耐えられない自身のエゴに引きずられた。輸液で体をむくませるような治療を死の間際まで続け、発語も意思表示もできなかった夫の苦痛を、今では重い痛苦の塊として胸に抱える。記憶の中にもし断片でも関わるものがあったなら、私は治療の打ち切りという過酷な決断をも出来たのではないか。数日か数時間かは分からないが、死に臨む夫のために祈り、身悶えるような慟哭を、顔を覆う手を拳に替えて諭しながら、その断片を支えに耐えられたのではないかと思う。

そんな経緯があり、夫の納骨先を探すのは私にとって明快な目的となった。合祀供養の寺の他に、散骨にも心惹かれるものがあったから、決断まで二年近くを要し、ようやく一度見学に行った隣町の樹木葬の寺に決めた。心惹かれた散骨については、テレビでの海洋葬の映像で、遺灰が呆気なく水に溶けていく様子や流離していく海面の果てしなさに、再び喪失感に襲われそうで断念した。

石垣の上の埋葬地は、庭苑を囲むようにくの字型に創られ、苑の中央にはシンボルツリーとしての枝垂れ桜と数本の樹木が植えられている。土に還すという納骨である。私の分も寺とは契約済みで、死ねば遺骨は夫の上に納められる。子供が無いのでその依頼先は検討中だが、詳細だけはエンディングノートに記載してある。永遠の眠りについた二人の骨が、土の中で寄り添う様子は、心の和む想像である。

経を上げる住職の後ろから、京都に住むすぐ上の兄が傘を差し掛けている。

二年前の九か月の間の、この兄の献身が思い出された。夫が倒れて以来、医師との面談や治療や転院の選択にと、一緒に取り組んでくれた。その度に電車や新幹線やバスを乗り継いで来てくれる。臨終には寄り添いたいと願いながら叶わず、訃報を受けて自宅に駆けつけ、病院から帰った夫の遺体に向かって、「力足らずで、ごめんな」と声を掛けて泣いた。すでに葬儀の打合せが始まり、感情も思考も拡散して乱れるようだった私は、この時兄の隣に座って初めて、集束した悲しみの直撃を受けた。

謝らなくていい、謝る必要はない、支えてもらった、感謝してる、たぶん夫もそう思っている、それらの言葉は声にならず、遺体の布団に顔を押し付けた、私の激しい嗚咽の中に籠った。その背中を兄の手がぽんぽんと宥《なだ》める。この時のことは後に何度も、やや高所からの俯瞰した光景で甦ってくるのだが、その度に今でも涙が流れ落ちる。

納骨式には、京都のすぐ上の兄の他に、夫の死の前年に九十五歳で亡くなった母を介護してきた群馬の次兄と、動物写真家で富山県の山中に撮影に来ていた、故郷の山形の三番目の兄も参集してくれていた。群馬の兄は、母の葬儀の直後に脳梗塞で倒れ言葉が出なくなる障害を負ったが、リハビリで日常では不自由しない程度になった。以前は政治や農業や地域の活動にと多忙で、雄弁で歯切れ良く話したが、ゆっくりと時にたどたどしく、笑みを浮かべながら話す兄の顔を眺めると胸が痛んだ。こうして兄は三年生きてきたのだ。次男だったが両親を引き取り、そのことで愚痴をこぼすことはなく、脳梗塞は介護の疲労のせいもあっただろうに口にはせず、闘病し回復の努力をしてきた。現実を受け入れ黙々と闘って生きてきた姿は、そのまま私への激励となる。変わらない穏やかさ優しさも、人間や人生への肯定へと繋がる。

前日写真家の兄は、撮影の邪魔になる草を刈るためだと、自分のキャンピングカーに積んでいた草刈機で、私の家の隣にある百五十坪の、銀杏の木二本だけで何も植えていない畑の草を刈ってくれた。

二年ぶりに顔を合わせた兄弟は積もる話を交わし、用意した仕出しの料理を食べ、一泊二日の行程を終えてそれぞれの家へと帰って行った。

兄達を見送り一人家に戻ると、その静けさに圧倒された。二年以上も一人暮らしをしてきたはずなのに、孤独が足元から立ち上がってくる。

夕方になりカーテンを引こうとして、まん丸い月が目に入った。夫の死以来、満月が苦手である。辛い記憶と繋がるからだ。間近に臨終を宣告されていた頃、夕方こんな満月を見た。大きな窓がすべて東側にある家なので、否が応でも低い位置の満月は目に入る。あの時私は、夫の命が月に引かれていくと思った。どうしてそんな風に思ったのか、月齢と潮の満ち引きの関係は明白だが、人間の体との関係は解明されてはいない。ただ種々に言われているだけである。

今夜かもしれない、そう思ったのは、科学ではなく様々な物語からの影響だったのだろう。非日常に放り出されれば、現実も虚構も境を失い混然としてくる、私はそんな精神状態にいたのかもしれない。

夫との生活を思い返せば、三十八年間の後半二十数年は、保護した何匹もの猫との、その物語と年譜が共に浮かんでくる。保護したのは私で、夫はそれに付き合わされた形だった。当初は興味も愛恵も無かった猫に、その後著しく傾倒していく夫の姿は微笑ましくもあった。

屋敷が広く、倉庫や農機具の車庫など東屋が幾つもあったので、野良猫の恰好の住処や出産場所になった。母子猫の保護が最も多く、数えると四組に及ぶ。とりあえず雌猫は避妊手術を受けに動物病院に連れていくため、まだ懐かない猫の捕獲に苦労したが、計八匹は手術させた。

忘れ難いシーンは数多くあるが、中でも象徴的な言葉の記憶がある。まだ保護を始めたばかりの頃のこと、屋敷の一部にある畑で作業する夫と私の周りを、三匹の猫が走り回っている。二匹は姉妹、一匹はその子供で、じゃれ合いと追いかけっこだ。自分たちを信頼し全てを委ねたように無心に遊ぶ姿に、途方もない安らぎと喜びが込み上げてきて、もし我が子がいたとしたら、遊び興じる姿を眺めながら湧くのはこんな思いなのかと想像していた。そして作業を終えて家の中に戻り、夫にこう言った。猫たちが周りで遊びまわる様子に、今まで感じたことのない幸せを感じたと。すると夫は返した。俺も。それだけの会話だった。だが全く同じ感慨を抱いたのだと驚いた。幸せという言葉が二人の間で交わされた、これが最初の記憶である。

その後亡くなるまで数回、夫はこの言葉を口にした。表現はいつも一緒で、俺たち幸せだねえ、だった。それは世の中にある具体的な不幸に辛うじて見舞われていないという意味と共に、素朴に湧き上がる感情をも併せていたと思う。さらに可笑しいのは、私の承認を求めているわけではなく、すでに共有済みというニュアンスだったことだ。夫婦だから運命は重なり、過ぎて得た感慨は言わずもがな同じだと、無邪気に表す夫と幸せの言葉の眩しさに心を揺さぶられ、いつもまともに返事が出来なかった。幸せそのものの意味と、信頼や共感の密度をも渡されたように思った。勿論私に異論はなく、どんな苦難の最中においても不幸と感じたことは無かった。それは夫の存在あるが故であり、夫が倒れ意識の戻らない九か月という期間に初めて、私は不幸という感覚を味わった。

人生の目的は、生物学的には「遺伝子を遺すこと」だが、哲学的には「幸福を感じること」と、最近読んだ本の中にある。だとしたら、夫は人生の目的を果したことになる。僅かな時間や期間であっても、幸せと表現できる感情を得られたとすれば、悔いで曇りかかる追想の数々に薄日が射してくる思いだ。

走り回る三匹の猫と二人で作業をしていた頃、死は私たちから遠いところにあった。だがその後、多くの猫の死に立ち会うことになる。体の異変と同時に身を隠した猫もいたが、半数は最期を看取った。死にゆく姿の寂しさと消えかかる命を前にして、その度に心の平衡を失った。訳の分からない空疎な空間にぽんと放り出される、そんな感覚に呆然と立ち尽くす度に、自分は生き物を飼うのに向いていない人間なのだろうと苦悶した。何度経験しても、死に慣れることはない。亡骸を葬るのは夫の役目だった。西方浄土だからと屋敷の西側に穴を掘り、毛布やタオルに包んで納め、二人で土をかけ墓標を立てた。だがこの時は、まだ自分の死生観を育てるまでには至らなかった。

多くの猫の死と共に、夫が亡くなるまでの八年の間に、一番上の兄、母、そして夫の死があった。この頻度と、配偶者の死という痛撃は、自分に遺された生を前に、生と死への問いを投げかけてきた。最愛の者の死、その死とは何なのか、そして遺された自分の、その生をどう考えるか。初めの頃、思索の先に待つのは虚しさしかなかった。しかしようやく、死と命の不思議さに思い至るようになった。

人は仏壇や墓の前で手を合わせる時、親密な関係であればあるほど、祈りの中で声を掛けたりはしないだろうか。

そちらの世界はどうですか？　穏やかに過ごしていますか？　と。

あの世の有無は脇に置いて、生きていた時と同じように語り掛ける。そうさせるのは、手を合わす者の中の断たれない繋がりなのだろう。存在の余韻や残像や残り香にではなく、魂と言えばある概念に規定されてしまうので存在そのものと言ったらいいのか、それに向けて語り掛ける。存在が在るかどうかなど関係はない。死の中には、死によって断絶されないものがある。

私の生活の中にも、いまだ夫の存在が息付いているのを感じる。一人暮らしなのに、一人で生きているという感覚が薄い。夫が担っていた土地の管理なども私の仕事になり、現実は悲しみに抗いながらも孤独に奮闘しているわけだが、それとは別に生きていた頃と同じような空気が周りに漂っているのだ。それは時に、喜びや恵みとなって包むこともあり、喪失の不在と背中合わせに、過去の幸せのようなものが終わらずにその後にまで広がっている。死んでも続くものがあると、命はある意味、遺された者の時間を、過去も現在も未来も関係なくしてしまうと、そう思うようになった。

命そのものについても、少し違う見方が加わった。

夫の終末期に延命のような治療を続けたことを、自身のエゴと書いた。それは自分の心のあり様を批判したものだった。だがそこには、本当にエゴしかないのだろうか。それ以外のものはないのだろうか。命は、誰のものか。本人だけのものか。遺族との共有部分は無いのだろうか。遺族がその後、心の傷無く、また納得して生きていける、そういう最期とはどんなものか、難しい問いがあると思う。

さらに、見方を変えたことがある。夫が倒れてから、闘病、臨終に至るまでの日々と、その後に一人で抱えた死後の処理についてだ。人は死ぬのさえ簡単ではない。虫や小動物のように、死ねば土の上に転がっていればそれで済むわけではない。葬儀とそれを取り巻く諸事や公的な死後事務、相続や税務そして納骨までと、煩雑な行程がある。心身の苦悩を抱えながらそれら一切を背負いやり遂げたことは、夫の生前の愛情や支えに報い、恩を返しているようなことではないかと思うようになった。遺された私は、この先一人で闘病し死んでいく、その死後処理を担う者もいない。ああ、こういうことだったのかと思う。夫は、注いだだけのものを受け取ったのだと。一連の行程を担うことは、当然のことという表層の底に、ちゃんと意味が潜んでいたのではないかと。

写真家の兄が刈ってくれた草は緑色に散らばったままだったが、視線を上げると、二本の銀杏の葉先に黄色い色がある。

畑として残されたこの部分と家の建つ場所は、元は十二本の銀杏の木が植えられていた。気温差の激しい年には、黄金色のように輝いて色付くこともあり、その景観はよく近所の人達から賞賛され、またグラビアの撮影に使われたこともあった。

その下を、黄色い一面の落ち葉を踏みしめて歩く夫の姿がある。銀杏の木を見れば甦るのはその姿だ。他の畑は貸しているが、銀杏畑だけは夫が管理し収穫と出荷を担っていた。枝から実を落とし、拾い集める、その作業をひと月くらい、私が車で通りかかる度にそんな姿があった。その姿が消えてからの二年間、私は銀杏の木に目を遣ることができなかった。春には芽吹きすぐに新緑となり、やがて実を付け色づいて散る、そんな四季の姿の記憶がない。だが、この秋は違うようだ。

折しも陽が傾き、銀杏の背後に黄色の光が広がり始める。秋の陽は早く、すぐに西の空は茜色を帯びてきた。茜色は濃淡の層に変化し、ただ山の端のすぐ上は、日輪を追って輝くばかりの橙色だ。その光が家の壁を、周りの砂利道を、私の体を射し込むように照らす。この光は生の根源にある、懐かしさや孤独のようなものに触れてくる。若い頃、部屋に射し込むこの赤みのある黄色い光に包まれた時、懐かしさと安らぎを覚え、この光と「黄泉の国」との繋がりを思ったことがあった。何故「黄泉の国」だったのか。身近な者の行った死者の国は安らかであり、だからそこは懐かしく、その世界とはこんな光で繋がっているのではないか、逝く先を、逝くという概念を、悲観無く情緒的に捉えていたのは、死が遠いものだったからなのか。

「黄泉の国」は「古事記」に出てくる。それによれば、「黄泉の国」は一つではないらしい。手前に坂があり、そこから幾つも枝分かれして死者の国はある。その入り口や出口は野や山にあり、ちょうど生者が生活している世界に隣接してあるということになる。天国やあの世の天上世界とは違い、またほとんど詳しい説明がないことも想像を自由にさせる。

自分の死後は無になると考える人は多いらしいが、愛する身近な者の死後となるとそうは考えないらしい。目の前にはいないが、どこかにいて欲しい、それもひたすら安らかにと。できれば「黄泉の国」のように、遺された者が日々を過ごす世界と、触れ合うくらいに近くならないいと私は思う。

死後の世界は信仰の中にしかなく、科学と近代の哲学では否定される。最近出版された、アメリカの哲学者が大学で講義した「死」についての著書では、魂は存在しないという結論だった。仏教の原初においても仏陀は、あの世に関してはあるかどうかわからないと言ったという。そうした実証性合理性においては、夫は死んで無になったと思っている。その後どこかの世界へ行ってそこに居るという期待は薄い。それでも、大切な人を失った遺族には、死者はいつまでも無にならず有なのである。追想に思慕は絶えることなく絡まり、膨大な形のない遺産が胸の内に遺される。それを主観として、〝魂〟と呼ぶこともできる。

亡くなった大切な者の行く先は、各々がその胸に想定するのだろう。信仰があれば教義どおりに、無くとも永別を機に信仰に頼り、または星や月、風などの有形無形の中に死者を置くのだ。

二年が過ぎてもなお、自分の現実を夢のように感じる時がある。夫が倒れ、転院先ごとの伏した姿、そして臨終の光景、火葬の炉から台車に乗って運ばれてきた、等身大の形のままの白い骨、それらの映像がフラッシュバックした時、まだ悪い夢の中に居るように感じるのだ。その一方で、生前の表情豊かに動く姿を動画のように再生させる時、二つの映像の間にあるものに、理解が及ばない。自分が日々感受することを、例えば夫が住めなかった今の家の環境について、夫の立場で想ってみる。何も味わえてないよく知らないというところから、自身の感受を眺める。自分だけ、の不確かさ。それはすでに空白の、夫との共有部分だった視点からのもの。しかしもうそこは、死の世界にある。私は生きながらにして死んでもいると、解釈しようのない感覚がある。

そんな感懐を繰り返しながら、季節が二度も巡った。

冬を越し、春を迎え、夏を過ごし、秋が訪れる。ただ巡り過ぎていくだけだった季節に、生きる、生きているという鮮明な認識が刻まれていく。その行方は自分を超えていき、尽きる先には、あの懐かしく安らかな橙色の光があればと思う。

そして流れる泡になる

テレビのニュースの画面に、七十代だという女性の、首から下だけの姿が映し出されて、悲痛な、それでいて何かに突き上げられてでもいるようなしっかりとした口調で、女性の夫の最期と別れの状況とを語っていた。

新型感染症禍の中、発症後たちまち重篤となり、面会や付き添いが一度も叶わないまま半月が過ぎた頃に、ついに病院から呼び出されて、ガラス越しに最期を看取ったという話である。

全身の機能を停止しつつある夫を、隣室のガラス戸から見届けるという状況の中、女性は防護服姿の看護師を呼び、愛していると伝えて、と頼む。看護師は夫の耳元で語り掛け、その後、目尻のあたりをティシュペーパーで拭いていた。その様子に女性は、自分の言葉に夫が反応し涙を流したのだと思う。それから看護師は、ベッドをガラス戸の傍まで運び、夫の手を取り掌《てのひら》をガラスに押し当てた。女性はその掌に自分の掌を合わせ、ここにいる、ここであなたを看取っているのだと声を上げる。そんな形で終《つい》の別れをしなければならなかった女性の、遺体に寄り添うこともできず、ただ待機を命じられたその手元に、異例の速さで、夫は小さな骨壷の遺骨となって運ばれてきた。そこで女性は、初めて声を震わせる。

画面は切り替わり、キャスターが沈痛な表情で短いコメントを口にした後、感染者数のグラフを指しながらの解説へと移った。

テレビ画面から視線を上げて、目を閉じて深く息を吸った。

看取りの場の臨場感が、こんな映像や情報に触れた途端に蘇ってくる。夫を看取った二年半前の現場に瞬時に連れ戻される。それは映像というより感覚で、手応えの無い空《くう》の中に悄然と佇んでいるような瞬間に、画面の中の女性と共に私は取り込まれているのだった。

女性の夫は、すでに意識がなかったのではないだろうか。この感染症は、重症化すると血管を詰らせ脳梗塞や心筋梗塞に至るという。女性はもはや反応しない夫に語りかけ、夫も死ぬという意識も覚悟もないまま最期を迎えた。永別の際に夫婦として、言葉一つ交わさず遺せなかったとすれば、それも私と夫の別れの姿に重なった。

女性の語る姿にも、覚えのある感覚が甦った。受け入れ難い現実に反応するあまりに、感情や動揺を遮って自身を支えようとする姿である。女性を突き上げていたのは、夫への任務と責任感のようなものだろう。

夫の臨終が間近だと医師に告げられた時に、私もこの鎧《よろい》のようなものを無意識に手繰り寄せていた。そしてすぐに、夫が親しく交流していた、私が知る限りの人に手当たり次第連絡をして、最期だから会ってやってほしいと頼んだ。全員がすぐに駆け付けてくれた。中でも、夫の幼馴染みであり、収穫した銀杏を自分の店で販売してくれていて、内輪話や愚痴をよく語り合う仲だという女性は、初対面の私に、「この人は奥さんをとても大切に思っていたよ」と言って労り、そして意識の戻らないまま最期を迎える夫には、「奥さんを、一人遺して逝ったら駄目じゃないの」と涙を流して語り掛けた。後にこの言葉を思い出すと、身悶える程の悲しみが突き上げたが、この時の私は涙一粒浮かべることはなかった。子供もなく、夫の家族もその親しい親族もない私は、一人で夫を看取り葬送までを遂行しなければならない。それが自分に残されたたった一つの、夫のためにしてやれる事、感情の揺れを抑え込んでいたのはそんな使命感だった。

そうして任務を果たした後の、緊張が解け落ちた折には、封じ込めた感情の決壊が待っている。感染症で夫を亡くしたニュースの女性の、その後の日々を想った。

頬を伝った涙を抑えて、私は窓の外へと視線を逸らせた。

居間の窓から、視野を斜め右へと滑らせると、神社の桜の木が見えた。散り始めてはいるが、ふんわりと夢のような華やかさと和やかさで、そこだけ人間社会から離れた桃源郷のようだ。ひたすら天然の循環にある自然の姿を眺めた時に、自分の現実や内面と相対させることがあった。超越然として非情なものに映ったり、桜もまたその風情から、独特な感応を誘い出す。

桜の下から花を見上げた時、賞美しながら微かな悲愁をも噛み締める、そんな反応を身に付けたのはいつの頃からか。たぶん、内に死を抱えてからではないかと思う。おそらく、初めて保護した猫が、この桜の季節に死んだ時、それ以来ではないだろうか。

それは屋敷に居ついた生後半年ほどの子猫だった。小さな体で生き抜こうとしているらしく、餌の奪い合いで他の猫に攻撃されて、毛の削り取られた皮膚から血を流している姿があった。見るに見かねて食べ物をやり、寝床を作ってやったのが、以来何匹もの猫を保護することになった始まりであった。ただこの雄猫は、野良の母猫の教えを頑なに守り続けているようで、いつまでも触らせないばかりか、近付けば後退って威嚇をした。それでも人に世話をされれば否応なく慣れていき、猫らしい愛嬌のあるしぐさや行動を見せるようになると、私と夫は笑い合って眺め、その頑なさをもひっくるめた上での可愛がり方をした。

だがそんな暮らしが続いたのも二年足らずだった。警戒を緩めなかった表情が、ある時から穏やかに変わった。ついに心を許したかと喜んだのも束の間、まもなく病気のためと分かった。動かなくなり、頻繁に伏せるようになった。忘れられないのは、弱った体を隠したつもりなのか、黄色い菜の花の根元に病んだ体を横たえている光景である。雉トラの茶色が土の色に紛れて、見つけるのに苦労した。まだ三歳、人間にすれば二十歳くらいの若さだった。助けたいが、触ることもできない猫を強引に捕まえて病院に連れていけるか、怯えて逃げそれきりにならないか、さらに最も悩ましいのは、籠やネットに入れられ病院に運ばれて治療を施される、こんな性質の猫にとっての恐怖と苦痛を想像した時、どう判断しどんな選択をしたらよいのかということだった。以来この問いには、懐かない保護猫がいる以上何度も直面することとなった。治療をすれば治るかもしれないし、あと少し生きられるかもしれない。言葉が通じるのなら、猫に問いたいと切に思う、その通りにするからと。選択も結果への判断も人間に一任されるのなら、そこに正解など望めないのだろうと思うしかなかった。

病の進行は早く、まもなく餌を食べなくなると、家の裏手にある藁を積んだ東屋へと身を移した。日中には、同じ親から翌年に生まれた兄妹猫達が囲んで寄り添っていた。この時期は朝夕に、まだ刺すような冷たい風が東屋を吹き抜ける。

布団で囲み風を防いでやりたかったが、そんなものを抱えて近づけば逃げ出すかもしれないし、辛い体を無理に動かすようになってはと逡巡して、それをしたのは死ぬ前日だった。翌日の朝、食べないだろうとは思いながら、缶詰のキャットフードに溶いた生卵をかけたものを猫の前に置いた。猫はやはり食べようとせず、その顔をまっすぐに私に向けると、しばらくの間見詰めていた。その仕草を、ただただ不思議なものに感じた。だがもっと不思議なことはこの後に起こった。一時間ほど経ち、家の前の芝生で洗濯物を干していてふと下を見ると、足元に猫が横たわっている。驚いて声を上げ、思わず体に触れた途端に、猫は大きく二度呼吸をしてから息絶えた。東屋から十メートルもある距離を、猫は這ってきたことになる。死に際に何故、身を隠すこともせず、こんな陽の射す広々とした場所に最期の力を振り絞って這ってきたのか。私や兄妹猫たちの気配のある方へと、少しでも近くへと来たかったのか。猫を擬人化すれば、最期に臨んだ行動として、また人間の側からの愛情と哀惜からくる解釈が幾つも生まれるが、やはり謎のままであった。

芝生の上には、家の裏から屋根を超えて、まるで雪山の峰のように見える白木蓮の大木から、風によって運ばれてきた花弁が散り落ちていた。夥《おびただ》しい白い花びらに囲まれて猫が横たわっていた。そのため白木蓮も、この情景を思い出す媒体のようになってしまったが、外に出かければ、まさに桜も満開を迎えていた。安穏とした豊麗は、喪失を相対させ、桜もまたここに絡むものになった。

猫の誕生から境遇、それゆえの短命、闘病から死ぬまでの環境を思えば、ひたすら憐れでしかなかったが、野良の運命を受け入れて全うしたのだとも思うこともできて、それがいっそう憐れだった。

正月に夫が倒れ、意識が戻らずに春を迎えた時も、私は満開の桜から顔をそむけた。自分の現実が意識され、そこから滲むものを改めて味わいたくはなかった。

こんな事が積み重ねられると、いつしか身の回りのあらゆる物に心象が絡むようになる。いちいち刻まれた思いが蘇り、複雑で重たい。それでも、まるで自分が生きた足跡の色彩のようだと、それらを思うこともある。

人を励まして希望を語る時に、自然の摂理に倣《なら》う言い方がある。明けない夜はない、止まない雨はない、等と。だが人は自然の一部であっても、思考と感情は摂理通りにはいかない。取り巻く状況もまた、そうはいかない場合がある。明けない夜もあり、止まない雨もある。だが夜も雨も、悪いばかりではない。暗闇からは、明るい所がよく見える。明るさの中では気付かないものや細部も見て取れ、集中は発見を生み洞察を鋭くする。自分の状況や情想を、暗の場所から考察すれば別の面も見える。

雨はまた、人を立ち止まらせる。足元に視線を促し来し方を振り返させる。足早に往き過ぎたその跡に、葬り残したものが甦り問いかける。明けない夜、止まない雨は、それを意識する者には親和的なものでもある。

生前の夫は、こんな最期を見せた猫を思い出しては、感慨深く口にすることがあった。這ってきたという行為に、懐かなかった猫の心根を見たと夫は解釈していた。最期の最期に、心を許していた信頼していたのだと表現したという、飼い主の情と関わりに筋道を立てるものだが、私にはこの解釈が、共に生きた短い日々の適宜な象徴になると感じていた。生態としては理由があるのかもしれない。だとしても、飼う側の思いは一方的な愛護の中にしかないのだから、そう受け留めればよいのだと思った。

こんな風に猫の遺した心根を、夫と私は二十年近く語り継いだ。

夫の死や多くの近親者の死をも含めて思うのは、生きている間だけがすべて、と思わない方がいいということである。関わった者の心に遺したものは、たぶん本人の想像を超える。遺された者が、人生を終えるまで影響を与える。人や人生やこの世との繋がりとはそういうもので、切れたわけではないと言うことである。

喪失の中でも配偶者の死は、最も痛手を受けるものとされる。遺された方はすぐには向き合えず、実感のない現実との狭間で、とりとめのない回想に身を寄せる。振り返れば、事実や認識が違う顔を見せたりするが、もはや確かめることもできない。

手繰り寄せた夫の行動や言葉に、今までに気付かなかったものを見出したりする。すべてが過去となる切実さゆえに、恭敬を伴うためなのだろう。事実の背後にあるものや心中に気付いていても、想像の域であり検証の術がない。自分の洞察が浅く、寄り添いに欠けたとの悔いすら、妥当なのかどうかも分からない。初めて真情に触れたような気がした時の、いたたまれなさの置き所もない。

どんな場面だったかは思い出せないが、それは真顔で、ふと口にした言葉だった。

「この世は、悲惨なことに満ちている」と。

悲観的な物言いは珍しかったから、そこだけ記憶しているのだ。心を痛める、優しい人だったが、感情をいちいち言葉にはしなかった。意見や考えは率直に言っても、心の内は冗談や諧謔の陰に隠すことが多かった。加えて建設的で弱音を吐くこともない、すぐに悲観とニヒリズムに陥りがちな私とは対照的な夫の、口に上った一言だった。痛み悲しみには敏感に反応し、悲嘆は積もらせ沈めていたのだと思ったのは、この検証の折である。だとしたら、心痛や怖れや苦労を私から遠ざけ守るためにと、記憶にある夫のとった行動が、いつもこんなに柔らかく痛々しい感情に突き上げられていたとしたら、やはり置き所のないいたわしさが湧く。

だがこれは、遺された側の類推や憶測に過ぎない。

夫が人生を振り返られる状況になかったから、私にはそれを語る言葉が遺されていない。もしあれば、これほど検証しようとはしなかったように思う。

ニュース画面の女性の、新型感染症で亡くなった夫と、自分の夫との、二つの状況からふと思うのは、最期にあたって、人生を振り返る時間があった方がいいのか、それとも突然の幕引きがいいのか、本人にとってはどうなのかということだった。勿論これは、遺族との時間や関わりとに限定した問いである。おおよそある程度の総括は、歳を重ねれば自身の中にある。それを伝えるかどうか、遺したいかどうか、詰まる所、そこに収斂される問いではないかと思う。

人間以外の動物を考えてみると、長く触れ合った猫を例にとるが、死の概念がない。死の直前まで、自身の運命を認識していない。

夫の死の五か月後に死んだ十七歳の飼い猫は、死ぬ当日、いつものように私の後を追って外に出てきた。それは猫にとっての日常だった。だが私が家に戻っても付いて来ず、探すと庭で動けなくなっていた。寝床に運んでやると姿勢を変える力も無い。息を引き取ったのはその一時間後だった。夫が倒れてまもなく、前年から建設して完成した家に転居したのをきっかけに、猫は少しずつ衰弱していったが、死ぬとは思わなかった。

　夫が一番世話をした猫だった。作業を始めようとして外に出ると、待ち構えてすり寄ってきて鳴いて催促する。猫は当然のように撫でて遊んでもらい、夫は従順に応えながら私に対しては、「撫でさせられてる」「こいつ、いつまでもしつこい」とこぼしつつも一時間近く相手をしていた。人にばかりでなく猫にまで身を粉にして奉仕する夫の姿に、いつもの尊敬を通り越して、不憫なものさえ湧き上がってきた。

　対して私はと言えば、どの猫にもこれほどの時間を割く心の余裕も忍耐も無かった。

　夫の不在を猫は感じていたと思う。夫が亡くなると、代わりに私がこの猫を撫でた。撫でながら、もう二人きりになったよ、頑張ろうね、などと語りかけ、反応もなく認識も分からないままの猫は、淡々と日常を共にしていた。

　夫の後を追うようだった、これは私の情による思いだ。相続に弁護士を介する事態となった中の、持病のリウマチが悪化し歩行に苦痛を強いられる中の、心身をぎりぎり保ってそんな艱難に耐えている最中の、猫の死だった。とうとう本当に一人になったと、だがそんな思いに浸る余裕は現実には無かった。絶望に底はなく、さらに深みへとずり落ち、あるかどうかも分からない出口を見上げている、浮かぶのはそんな自分の像だった。

認識のない動物のような、突然訪れる人生の幕引きは、無念で不幸だと思ってきた。だが、それは遺される側の想いなのではないか。時間があればあるなりの苦悩が生まれる。いつか何らかの形で死を迎えるのであれば、それは是も非もない一つの形ではないだろうかと思うのだ。

夫に微かにあると思えた意識が、思考を結ぶほどに鮮明ではない、そうであったことを、後になって願う気持ちになった。そこで死と向き合わずに済んだのなら、ささやかな救いである。倒れる前日の夜、夫は明日の予定を語り、家敷や土地管理の今後の手順を語り、その煩労に嘆息しながら晩酌でくつろぎ、翌朝には心身の機能を断たれて九か月後にこの世を去った。すでにカウントダウンが始まっていた時間を、大切にすることは叶わなかった。尽きせぬ傷嘆としてそれは残るが、生き生きと活動する只中で迎える終焉には、救いとなるものも数え上げられるような気がする。死への恐怖も苦悩も無く、人生への後悔も持たず、遺す者への憂慮も無しに、光がフェードアウトするように逝った、そのことは今になって私を慰める。

「追善」という言葉がある。死者の冥福を祈って遺族が営む仏事や善事などを言うが、自分がこうして生きている、その意味を思うと、ふとこの言葉が浮かんでくる。

今の自分には、地に足を下ろすだけの重みがなくふわふわと浮いている感覚がある。心に先への思いがなく空白を埋められないまま、今の、この瞬間を意識することしかしていない。それを繋いでいけば、いつか天寿とされる時間まで行き着くだろう。おそらく夫は私に、この天寿を全うすることを願っていると思う。生きていたい欲求はあまりないが、空虚の中に苦悩と悲嘆だけは抱えながら、生き抜くことの意味はそれゆえにある。この道のりに、冥福の祈りになるものがあるのではないかと思うのだ。

夫がしていた土地の管理を、関わったこともない私が相続して負い、管理する土地の場所や境界もあやふやなまま、売買や維持のための委託交渉などと向き合っている。書類を睨み慣れない情報に触れ人の教えを受けてようやく解決をみると、夫がかけてくれる言葉が聞こえるようである。それが癖の、どこか茶化すような明るさで、「おぅ、よくやったな」と。そして、私が天命を果たすその時に、きっとまた夫の声を聴くように思うのだ、よく浮かべた笑顔と共に、「頑張ったな」と。

夫の死を通して、人は制御できない流れの中に生きているのだと思い知った。自分の選択や制御が、ある程度機能していたそれまでは、漠然とした観念だった。今にして思えば、まるで幸せであったことの証のようだ。絶対の不可抗力と辛うじて出会わなかったから、錯覚していただけのことである。病気も、命の終わりも、突然のように現れる。力が及ぶのは、主体を包む小さなセルのような中だけのことで、その外には全くの無力だ。

そして流れる泡になる

セルは泡のように浮かんで流されていく。「方丈記」に出てくるうたかたと流れは、消滅変化する無常を表すが、いつ消えるかを知らずその時まで意識すらせずに流されていく人の生の姿は泡のようであり、流れは時間と摂理のようなものだと思う。

人は生死を選び取れない。生きているのではなく、生かされている。そんな根源的にある生きることの寄る辺なさに、意味があるのではと、ふとそう思うことがある。それゆえに泡の中に生まれ、流されながら醸成される、無力と拮抗する、何かが。

その何かに触れられないだろうか。流されながら、残された時間の内に。

あとがき

ここに収録した一作目の短編は、夫が亡くなって九か月が過ぎた頃に書き始めたものである。それまでは著作物をはじめ、手紙などの文章を書く集中力も意欲もなかった。届いた悼みや励ましの書簡を前にして、返信も綴れない自分が、この先何かを書いたり表現することなど想像もできなかった。

そんな日々を過ごす内に、ふと、この苦しみを吐き出したい、整理してみたい、記録しておきたいという衝動が湧き上がってきた。ただ事実を綴っていけばいい、今はそれしかできないと書き進めていくうちに、気が付けば、目の前の景色に僅かな変化が訪れていた。

それまではただ身の回りに散乱し、引きずるばかりだった混乱と混沌を、時系列に整理して自分の内面と繋いでいき、一筋の物語として筋道をつけていく。すると苦しみの一端をそこに転嫁できたように感じ、微かな風の透過のような解放を感じることもできた。それは自らで施した、グリーフワークであったのだろうと思う

三作目を書いている途中で、これもふと、計五作品を書き上げたら、一冊の本にして出版したいとの思いが湧き上がってきた。この思い付きに飛びつき、また納得したのは、夫への追悼が現実的な形になるという喜びがあったのは勿論である。さらにもう一つ、夫を亡くして間もない頃に、この辛さを共有できる本はないかと、書店で探したという経緯があるからだった。

自分と同じ思いで書店に出向き、この本を手に取る人もいるかもしれない。一助にもならないのは承知の上で、これらの記述が、体験の共有と共感というひと時の慰撫を導き出すことは出来ないか、淡くそんな願いを抱いたからだった。

喪失への思いは個別であり、悲嘆の辿り方もそれぞれである。愛する者を亡くした苦悩や悲しみは共有できても、抱えるのは、個々でしかない。この薄めるこ

とも削ぎ落とすこともできずに、おそらく人生を終えるまで抱え続けるだろう悲しみは、それゆえに、そしてそのまま、追悼と鎮魂の祈りのようだと思う。永別後の日々を生きて胸に占めるのは、夫と出会い長い年月を共にしたことが、私の人生のすべてであったという思いだ。

最後に、個人的な痛みとばかり向き合い書き連ねたこの五作品を、温かく迎え入れてくれた私の所属する「弦の会」の主宰者、中村賢三様と、掲載の度に批評や感想に励ましを込めて見守って下さった同人の方々に、心からの感謝を申し上げます

さらに、出版までを伴走し導いて下さった鳥影社の方々に、深くお礼を申し上げます。

二〇二一年　五月

小森　由美

引用と参考文献

「夜と霧　ドイツ強制収容所の体験記録」　ヴィクトール・フランクル　みすず書房
『『夜と霧』への旅」　河原理子著（平凡社）
「言葉が立ち上がる時」　柳田邦男　新潮社
『『犠牲』への手紙」　柳田邦男　文芸春秋
「大・大往生」　鎌田實　小学館
「遺族外来」　大西秀樹　河出書房新社
「悲しみの中にいるあなたへの処方箋」　垣添忠生　新潮社
「生きる死ぬ」　玄侑宗久　土橋重隆　ディスカバー
「いのちの往復書簡　わたしを超えて」　玄侑宗久　岸本葉子　中央公論社
「生と死をめぐる断想」　岸本葉子　中央公論新社
「生と死が創るもの」　柳澤桂子　草思社

「死ぬのが怖いとはどういうことか」　前野隆司　講談社
「死とは何か」　シェリー・ケーガン　文藝社
「古事記　完全講義」　竹田常泰　学研
「安楽死を遂げた日本人」　宮下洋一　小学館
「ハレルヤ」　保坂和志　新潮社

〈著者紹介〉
小森 由美（こもり　ゆみ）

1954年、山形県河北町生まれ。岐阜県在住。
東洋大学国文学科卒業。
文芸同人誌「弦の会」同人。中部ペンクラブ会員。
著書に『冬の蛍』『夜を漕ぐ舟』『竜の舟』等。

レクイエム
言葉一つ遺さずに逝った夫へ

定価（本体1500円+税）

乱丁・落丁はお取り替えします。

2021年5月19日初版第1刷印刷
2021年5月25日初版第1刷発行
著　者　小森由美
発行者　百瀬精一
発行所　鳥影社（www.choeisha.com)
〒160-0023 東京都新宿区西新宿3-5-12トーカン新宿7F
電話 03-5948-6470, FAX 0120-586-771
〒392-0012 長野県諏訪市四賀229-1（本社・編集室）
電話 0266-53-2903, FAX 0266-58-6771
印刷・製本　モリモト印刷

ISBN978-4-86265-889-0 C0093